좋아하는 마음엔 실패가 없지

지은이 **장참미**

창원에서 남동생과 '오누이 북앤샵'이라는 작은 책방을 운영하고 있다.
국문과를 나왔지만 맞춤법을 잘 모르고 클라이밍을 좋아하지만 잘하지
못한다. 유일한 재능이 있다면 좋아하는 것을 무지막지하게 좋아하기. 빵
과 커피, 좋아하는 사람 중 하나만 있어도 쉽게 행복해지는 사람이다.
근력은 없지만 좋아하는 마음의 힘으로 인생의 어려운 일들을 헤쳐 나가
고 있다. 우연히 만난 클라이밍 덕분에 견디는 삶이 아닌 즐기는 삶이 무
엇인지 배우게 됐다. 그렇게 나아간 곳에서 만난 장면들, 좋아하는 마음
이 주는 기쁨에 대해 오래도록 이야기하고 싶다.

좋아하는 마음엔 실패가 없지

초판 1쇄 발행 2023년 11월 27일

지은이 장참미 | 발행인 박윤우 | 편집 김송은, 김유진, 성한경, 장미숙 | 마케팅
박서연, 이건희, 이영섭, 정미진 | 디자인 서혜진, 이세연 | 저작권 백은영, 유은
지 | 경영지원 이지영, 주진호 | 발행처 부키(주) | 출판신고 2012년 9월 27일 |
주소 서울시 마포구 양화로 125 경남관광빌딩 7층 | 전화 02-325-0846 | 팩스
02-325-0841 | 홈페이지 www.bookie.co.kr | 이메일 webmaster@bookie.co.kr |
ISBN 978-89-6051-136-1 03810

만든 사람들
편집 김유진 | 디자인 서혜진 | 일러스트 소영

좋아하는 마음엔
실패가 없지

장참미
에세이

부·키

추천의 글

나는 지금 왼쪽 팔에서부터 어깨까지 이어진 근육이 욱신대고 쓸린 손바닥이 따끔대는 고통을 느끼며 이 글을 쓰고 있다. 책을 읽고 나니 당장 클라이밍을 하지 않고선 못 배길 것 같은 심정이 되어 실내 암장을 찾아 예약하고 엊그제 일일 체험을 하고 왔기 때문이다. 그간 꽤나 많은 종류의 운동 에세이들을 읽어 왔는데 책 속에 소개된 운동을 직접 하러 간 것은 이번이 처음이다. 오직 글만으로 사람의 무거운 몸을 일으켜 움직이게 만드는 것은 굉장히 어려운 일이다. 그 어려운 일을 (나에게 있어서는 최초로) 장참미가 해낸다.

그렇다고 이 책이 운동에 대해 유달리 열렬한 열정과 엄청난 에너지로 가득하냐면 그건 아니다. 아니, 반대다. 아드레날린이 넘실대는 다른 운동 에세이들에 비해 온도가 낮고 차분하며, 목표 지점을 향해 성큼성큼 나아가기보다는 자주 주저한다. 대신 운동을 통해 '부족한 나'와 '삶의 오래된 문제'들을 대면하고 깊이 고민한다. 이 묘한 온도와 지극한 주저함이 오히려 더없이 미더워서, 그럼에도 오랜 시간 동안 무수한 실패와 고통을 참아 내며 좋아하는 일을 지속하는 그 묵묵함이 어쩐지 뭉클해서 나는 이 책도, 클라이밍도 사랑하게 되었다.

특히 실패가 너무 두려워 단 한 발을 내딛기가 힘겨운 이들에게, 비슷비슷한 매일 사이에 조그만 틈을 내어 다르게 살아 보고 싶은 이들에게 이 책을 권하고 싶다. 읽고 나면 삶 속에서 스타트 홀드가 될 만한 것을 찾아내어 양손으로 꼭 붙잡고, 관성이라는 땅 위에서 서서히 두 발을 떼어 낼 수 있을 것 같은 용기와 열망이 치솟을 테니까. '잘하는 사람'에서 '잘'이라는 글자를 떼어 내고 그냥 '하는 사람'으로 계속 살아가도 괜찮다는 눈부신 해방감과, 한 발 한 발 문제를 풀다 보면 언젠가는 문제의 꼭대기에 닿으리라는 단단한 믿음을 얻을 테니까.

삶과 클라이밍을 적절히 유비시키며 촘촘히 엮어 낸 그의 시선을 통해 삶도, 운동도 새롭게 다시 만나는 커다란 행운을 부디 놓치지 않기를. 나도 클라이머들처럼 응원을 가득 담아 모두에게 외쳐 본다. 나이스!!

♥

김훈비_에세이스트, 《최선을 다하면 죽는다》

낯선 세계에 들어가면 낯선 나를 만난다. 당연한 일인데도 그 앞에서 주저하는 자신을 부끄러워하기 일쑤다. 세상에 내던져진 나를 나부터 모른 척하고 싶어진다. 이 책은 멀찍이서 무감하게만 보던 세계 안에 스스로 들어간 후에야 생겨나는 표정을 그린다. 그냥 한번 해 본 일일지라도 그 안에서 나를 잘 바라보기로 결심한다면, 만나지 못할 뻔했던 나를 만나게 된다는 걸 보여 준다. 그럴 때 우리는 자신을 바라보며 또다시 내가 되는 게 아닐까.

저자는 오르기 힘든 벽을 만난 이야기를 썼지만, 나에겐 모처럼 어려워서 재미있는 놀이터를 만난 이야기로 닿았다. 시도는 잘하기 위해서가 아니라 그저 겪어 보기 위해서이고, 그 시도 앞에 나의 부족함을 먼저 앞세울 필요가 없다는 저자의 경험담은 정제된 응원으로 다가온다. 그래서 이 책은 자신에게 한껏 다정했던 한 시절을 담은 이야기라고 할 수 있다.

책을 읽다 보면 과연 나는 무엇을 어려워하고 싶은지, 또 무엇 앞에서 애쓰고 싶은지 골몰하게 된다. 저자는 부드럽게 묻는다. 나의 한 시절은 클라이밍이라는 놀이터에서 홀드라는 친구와 나란히 있었다고. 당신은 지금 무엇과 나란히 있고 싶냐고.

♥

임진아_삽화가&에세이스트, 《읽는 생활》

어릴 때는 잘하는 사람을 동경했지만 시간이 지날수록 꾸준히 하는 사람을 눈으로 좇게 된다. 시끄러운 바깥보다 훨씬 더 듣기 어려운 내면의 소리에 귀를 기울이고, 게을러지는 몸뚱이를 어떻게든 어르고 달래 오늘도 같은 곳을 향하는 사람을 보면, 내 마음 어딘가도 열이 오르고 단단해지는 기분이 든다. 흔해 보여도 생각보다 그런 사람을 찾기는 어려운 일이다. 그리고 그 울퉁불퉁한 과정을 솔직하게 털어놓는 이야기는 더 찾기 어렵다.

알 수 없는 이유로 지난하고 무기력한 요즘을 보내고 있다면 이 책과 함께 시나브로 자기만의 발 자리를 찾게 될지도!

♥

소영_만화가, 《모퉁이 뜨개방》

목차

초급 수직의 세계에 오신 것을 환영합니다

나를 나아가게 해 준
다정한 실패들

회사 생활 5년 차에 접어든 어느 날, 매일 먹던 타이레놀 복용량을 한 알 더 늘릴까 말까를 고민하다 말고 생각했다. 더 이상 이런 시시한 선택에 시간을 보내고 싶지 않다고. 이런 결정들로 채운 하루를 그만 만들고 싶다고. 마음을 먹자 사직서를 내기까지 막힘이라곤 없었다. 인정하길 미뤘을 뿐 그래야만 한다는 걸 내 몸과 마음은 진작 알고 있었는지도 모른다. 원인 모를 두통은 하루가 다르게 심해져 갔고, 누군가를 미워하는 마음은 돌고 돌아 나를 미워하는 지경에 이르렀으니까.

특별히 육체적인 고됨이나 인간관계의 어려움이

있었던 건 아니다. 굳이 설명하자면 회사 안에 있는 동안 나는 어떤 것도 결정할 수 없는 사람, 내 삶인데도 내가 제어할 수 없는 사람으로 느껴졌다는 것. 그게 유일한 문제이자 사직서의 '개인 사정'에 담긴 진짜 이유였다.

퇴사 후에는 남동생과 책방을 열기로 했다. 좋아하는 책들로 가득한 공간에 머무는 상상은 소리 내어 말한 적은 없으나 마음에 오래 담아 두었던 일이다. 책방 자리를 알아보고 이런저런 준비를 하던 그 무렵 우리 남매가 자주 했던 말이 있다.

"미루지 말고 좋아하는 일을 삶의 첫째 자리에 두자."

일종의 다짐이자 선언이었고, 나 자신에게 건네는 응원 같았던 말. 여태껏 그렇게 살아보지 못했기에 나는 그 말을 마치 주문이라도 되는 양 곱씹었다. 말이란 내뱉는 순간 내가 가장 먼저 듣게 되는 것이므로 더 열심히 말했다.

돌이켜 보면 나는 늘 참는 사람이었다. 갖고 싶은 것도, 하고 싶은 일도, 하물며 좋아하는 마음까지도. 무엇이든 간에 잘 참았다. 여의치 않았던 환경 탓도 있었겠지만, 스스로에 대한 의심이랄지, 자존심을 챙기고 싶은 마음 때문인 경우가 더 많았다.

회피하는 태도에 관해 생각할 때면 기억나는 장면
이 있다. 모래 먼지가 풀풀 날리던 운동장, 달리기 출
발선 앞에 선 유년 시절 내 모습. 어릴 땐 거의 모든 운
동을 싫어했지만 그중에서도 달리기가 가장 싫었다.
아마 잘하지 못하니 더 미워했던 것 같다. 있는 힘껏
달리는 친구들 곁에서, 나는 마치 달리는 방법을 모르
는 사람처럼 걷다시피 달렸다. 어차피 해야 하는 일이
니 한번쯤은 최선을 다할 법도 한데 그러지 않았다.
노력했지만 소질 없음을 확인받는 것보다, 노력하지
않고 피하는 쪽이 안전하다 여겼으니까. 나는 실패의
가능성이 보일 때면 그런 식으로 최선을 다하지 않았
다는 변명을 남겨 두고 싶어 했다.

어른이 되면서 이런 성향은 더 짙어졌다. 잘 해내
고 싶은 일이 생기면 마음을 재단해서 적당히 좋아하
려고 애썼다. 망할 때 망하더라도 끝까지 가는 것보단
미지근하게 성공하는 쪽이 편리해 보였다. 그래서일
까. 내가 한다는 노력에는 어딘지 모르게 은밀하고 음
흉한 구석이 있었다. 안 될 것 같은 일 앞에선 적당히
손을 떼거나 시도조차 하지 않는 날들의 반복. 돌아보

니 어느새 나는 포기를 능숙하게 하는 사람이 되어 있었다.

　　때로 삶은 애쓰지 않아도 우리를 예상치 못한 곳으로 이끈다. 코로나 팬데믹이 그랬다. 갑자기 닥친 상황으로 모두가 어려웠던 시기에 책방이라고 예외일 순 없었다. 끝이 보이지 않는 막막한 날들이 이어졌고, 나는 책방을 계속할지 말지를 놓고 긴 고민의 밤을 보냈다.

　　선택의 순간에 놓일 때마다 주저하고 용기 내지 못하는 나였지만, 책방을 닫겠다는 결정은 회사를 그만둘 때처럼 선뜻 내려지지 않았다. 그만두는 게 더 나은 선택으로 여겨질 만한 이유들에도 불구하고 그토록 망설였던 건, 그것이 좋아하는 마음으로부터 시작된 일이었기 때문인지도 몰랐다. 좋아하는 마음에 기대어 살았던 시간과 그 속의 내가 좋았기에 계속 그곳에 머무르고 싶었다. 그때 깨달았다. 포기하려는 마음보다 지켜 내고 싶은 마음이 앞서는 것. 그게 바로 좋아하는 마음이란 걸.

　　그 무렵 우연처럼 만나 나도 모르게 빠져든 것이

클라이밍이었다. 지금 생각해 보면 누구에게라도 기대고 싶었던 마음이 나를 암장으로 이끌었던 것 같기도 하다. 언제고 그 자리, 암벽 위에 단단히 붙은 홀드들을 볼 때면 괜스레 안심이 되곤 했으니까.

그런데 발을 디딜수록 이 운동은 내가 오래도록 고수해 온 삶의 태도를 서서히 무너뜨렸다. 숨는 것도 숨기는 것도 허용되지 않는 곳, 시도와 실패 없이는 한 발짝도 나아갈 수 없는 세계에서 내가 가진 음흉함, 용기 없음은 통하지 않았다. 마치 좋아하는 마음을 숨길 수 없는 것처럼. 날마다 수없이 떨어지고 실패하면서도 더없이 즐거워하는 사람들 틈에서, 나는 비로소 실패마저도 좋아하는 일의 일부가 될 수 있음을 배웠다.

클라이밍은 내가 잘하지 못함에도 불구하고 사랑할 수 있었던 첫 번째 대상이다. 아직까지도 '잘하는 사람'은 되지 못했지만, 부끄러움 없이 그냥 '하는 사람'이 된 나를, 그런 나를 만나게 해 준 클라이밍을 여전히 사랑한다.

좋아하는 마음이 데려다준 자리에서 생각한다. 어떤 응답을 기대하지 않고도 무언가를 있는 힘껏 좋아하는 마음이야말로 내가 그토록 갖길 원했던 재능일 지도 모른다고. 이곳에는 내가 선택한 순간들과 조건 없이 사랑한 기억들이 있다. 그리고 오늘도 내일도 실패를 모르는 얼굴로 기꺼이 홀드 앞에 설 내가 있다.

나는 이제 미래보다 현재를 믿는다. 현재가 좋으면 지나온 과거에도 의미가 생긴다. 과거가 조금이라도 어긋났다면 현재의 내가 될 수 없었을 것을 알기에, 부족하다 여겼던 과거의 나도 사랑할 수 있게 되었다. 마찬가지로 현재가 쌓여 미래를 만든다는 사실은 더 이상 불안이 아니라 안심이 된다. 좋은 날들이 모였으 니 앞으로 내가 갈 곳 또한 반드시 좋은 곳이리라 믿 기 때문이다. 그리고 이 믿음은 상승과 하강을 부단히 반복하는 수직의 세계, 그곳에서 익힌 움직임들로부 터 왔다.

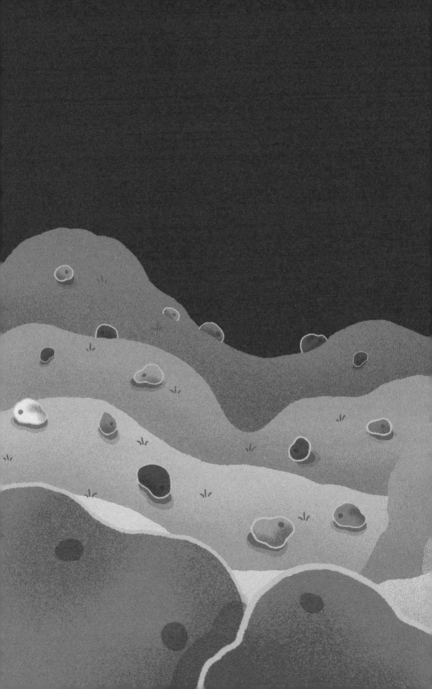

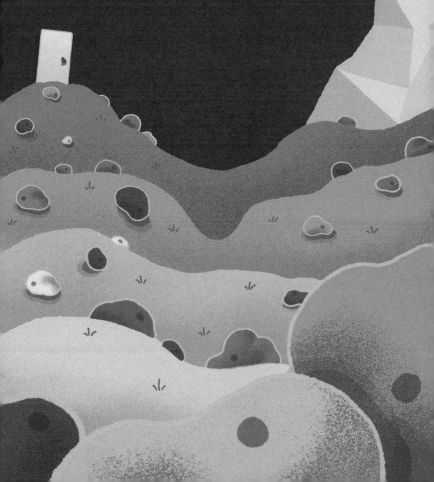

초급

수직의 세계에 오신 것을 환영합니다

고통의 내성

오랜만에 남동생과 점심을 먹기로 했다. 한가한 적이 없었던 동생이지만 최근에는 유난히 더 바빠진 탓에 일부러 약속을 잡지 않으면 밥 한번 같이 먹기가 힘들다.

지금으로부터 6년 전, 우리 남매는 학창 시절을 보낸 익숙한 동네에서 작은 점포 하나를 발견했다. 지어진 지 30년이 훌쩍 넘는 주택에 딸린 열 평 남짓한 공간. 우리는 그 자리에 작은 책방을 열기로 했다. 책방의 이름은 '오누이'. 동생이 이름 짓고 대표자명에 내 이름을 올린 이곳에서 우리는 함께 일하고, 그림을 그리고, 책을 읽으며 지낸다.

호기롭게 동생을 집으로 초대했지만 막상 냉장고를 보니 먹을 게 없다. 장을 볼까 하다가 그냥 엄마가 담궈 준 김장 김치에 밥만 넣고 볶기로 했다. 맛있는 김치와 참기름만 있으면 매 끼니를 김치볶음밥만 먹고도 살 수 있는 게 우리 남매 아닌가.

한 사람의 세계가 결정된다는 유년기를 우리는 반지하 단칸방에서 함께 보냈다. 그때는 나만의 공간이 없다는 게 분하기도, 때론 서럽기도 했던 것 같다. 반갑지 않은 가난이 우리 곁에 머물던 날들 가운데 유일한 위안이 있었다면, 바로 옆에서 나란히 음악을 듣고 책을 읽는 동생의 무심한 눈이 있었다는 것 아닐까. 같은 밥을 먹고 같은 음악을 들으며 자라 지금의 우리가 되기까지, 동생과 나는 수많은 순간과 사건을 공유했다. 그러니 우리의 각별한 사이는 조금은 슬펐던 그 시절에 빚지고 있는 셈이다.

그때로부터 별반 나아지지 않은 허술한 김치볶음밥을 앞에 두고, 동생은 요즘 꽂혀 있는 운동 이야기를 꺼냈다.

'또 저러네….' 입 밖으로 꺼내진 않았지만 아마 표정이 대신 말해 주었을 내 속마음이다. 최근 들어 동생은 만날 때마다 특정 운동 이야기를 늘어놓았다. 최

근이라고 했지만 동생이 그걸 시작한 지 어느덧 일 년
이라는 시간이 지나가고 있었다. 흔히들 좋아하는 축
구나 야구에는 관심조차 없던 동생은 어느 날 뜬금없
이 낯선 운동을 시작한다고 했다.

클라이밍?

그 후 동생은 때와 장소를 가리지 않고 연애하는
사람의 얼굴로 클라이밍 이야기를 했다. 언젠가 내가
파타고니아 티셔츠를 입고 책방에 출근한 날, 동생은
파타고니아 브랜드의 근본이 클라이밍인 건 알고나
있냐며, 그 옷을 제대로 입으려면 클라이밍을 해야 한
다고 빈정거림 같기도 으스댐 같기도 한 표정을 지었
다. 또 어떤 날엔 낑낑대며 책을 옮기는 나를 보고선
그렇게 근력이 없어서야 일상생활이 되겠냐며 다짜고
짜 클라이밍을 하라고 했다. 동생과 나누는 대화의 시
작은 가늠할 수 없어도 끝은 짐작이 가능했다.

처음엔 웃어넘기던 말들을 시간이 흐를수록 농담
이나 장난으로만 여길 수 없게 되었는데, 동생 친구들
은 물론 내 지인들까지 하나둘 이 운동을 시작했기 때
문이다. 본격적으로 하진 않더라도 일일 체험 강습을
받은 이들까지 포함하면 어느새 클라이밍은 나만 빼
고 다 아는, 내 주변인들의 공통 관심사가 되어 있었

다. 운동 얘기만 나오면 늘 주눅이 드는 나였지만 생각지도 않은 클라이밍을 몰라서 쭈그러들 줄이야.

열정적으로 클라이밍을 설파하는 동생의 모습은 조금 낯설기도, 한편으론 부럽기도 했다. 좋아하는 마음은 분명 삶을 신나게 만들어 주니까. 어느 책 제목처럼, 확실한 애정이 세상은 못 구해도 내 삶 정도는 구원해 줄 수 있을지 모른다. 그 무렵 동생의 하루하루는 어딘가 모르게 들떠 있고 흥미진진해 보였다. 지루함이라는 말의 반대편을 언어 없이 설명해야 한다면 동생의 얼굴을 보여 주면 될 것 같았다.

반면 나의 관심사라곤 오직 책방밖에 없었다. 새롭게 시작한 일에 적응하느라 정신이 없던 나는 한동안 동생의 권유를 크게 염두에 두지 않았다. 그러다 책방 일이 손에 익을 즈음, 코로나 바이러스가 찾아왔다. 어렵게 일구어 놓은 일상이 권태와 무기력으로 헤집어지자, 그제야 매일같이 반복되던 동생의 말이 효력을 발휘하기 시작했다. '그렇게 재밌나? 한번 해 볼까?' 마음이 스리슬쩍 기울려던 찰나, 동생은 쐐기를 박는 한마디를 던졌다.

"누나도 백 프로 좋아하게 될 걸? 클라이밍은 고통에 내성이 있는 사람이라야 잘할 수 있거든."

밥을 크게 한술 떠먹으며 동생이 말했다. 고통의 내성이라. 뭐지, 욕인가? 아니면 욕 같은 칭찬인가? 동생의 말에는 진지함보단 농담이 섞여 있었겠지만, 이상하게도 그 말은 흘러가지 않고 내 안에 고여 자꾸만 꺼내 보게 만들었다.

언제부터였을까. 나는 때때로 특정한 감정을 잘 이해할 수 없다는 느낌을 받곤 했다. 대개 슬픔이나 고통 같은 감정들이 그랬다. 정확하게 말하면, 느끼지 못하는 게 아니라 진심으로 공감하지 못하는 쪽에 가까웠다. 친구나 주변 사람이 본인의 아픔을 털어놓을 때면, 겉으로는 이해하는 척하면서도 속으로는 그것을 약함의 표현으로 읽었다. 잘 참는 것, 소리 내어 울지 않는 것이야말로 어른의 강함이라고 믿었으니까. 그 믿음을 근거로 스스로를, 나아가서는 남을 쉽게 판단했다. '뭘 그런 걸로 아프다고 해.' '이 정도도 못 참아 내면 실패야.' '인내심을 가져야지.' 시작이 기억나지 않는 아주 오래되고 단단한 오해였다.

동생은 누구보다 나를 잘 아는 사람이다. 어쩌면 부모님보다, 때론 나 자신보다도. 그런 동생이 추천하는 거라면 괜찮지 않을까. 무엇보다 내 마음을 움직인 건 고통과 내성이라는 단어의 익숙하지 않은 조합

이었다. 두 단어가 나란히 놓인 모습이 어쩐지 마음에
들었다.

　　무기력한 삶 속에서 동생처럼 무언가와 사랑에 빠
진 얼굴을 가질 기회가 내게도 있으려나. 반쯤은 속는
기분이 들기도 했지만, 나머지 절반은 그저 믿고 싶었
던 것 같다. 동생은 자기가 무슨 말을 했는지 기억조
차 못 하겠지만 그런 건 아무래도 좋았다.

　　그렇게 나는 뭔가에 홀린 듯 동생이 알려 준 번호
로 전화를 걸어 클라이밍 강습을 신청하고서 두 달치
강습비를 계좌 이체했다. 그리고 그 일은 내 생애 가
장 나답지 않은 선택이자, 가장 잘한 선택이 되었다.

문을 열면 보이는
또 다른 세계

동생이 말한 클라이밍 센터는 내가 졸업한 대학교 인근에 있었다. 대학로를 조금 벗어난 주택가, 유명한 밀면 집과 핸드드립 카페가 마주하고 있는 골목 끝에 자리한 암장은 모객에는 관심이 없다는 듯 흔한 LED 간판조차 없다. 올 사람은 알아서 온다는 배짱 같은 것일까. 눈에 띄는 표식이라고는 입구 옆에 붙은 작은 아크릴 간판이 전부다. 사전 정보 없이 암장의 존재를 한눈에 알아채긴 어려워 보였다.

건물 입구에 다가서자 지하로 통하는 계단이 나타났다. 계단 끝에 보이는 건 막힌 벽뿐, 그 너머에 어떤 세상이 있는지 전혀 짐작이 되지 않았다. 미리 돈을 내지 않았다면 여기서 발길을 돌려 집으로 갔을지도.

암장에서의 첫날을 더듬어 볼 때면 여전히 시각보다 청각이 먼저 반응한다. 계단 바깥으로 흘러나오는 음악과 간간이 들리는 비명(?). 입구에 가까워질수록 선명해지는 소리들은 계단 아래에서 뭔가 심상치 않은 일이 벌어지고 있으리란 기대와 긴장감을 심어 주기에 충분했다. 계단 끝 신발장에 놓인 핑크색 삼디다스로 갈아 신고 고개를 들자 입구로 추정되는 문이 나왔다. 문손잡이는 파란색의 클라이밍 홀드_{암벽을 오를 때 손으로 잡거나 발로 디딜 수 있는 곳}. '손에 잡히는 건 뭐든 다 홀드'라는 말을 증명이라도 하듯 입구부터 범상치 않다. 홀드를 잡고 문을 열면 비로소 암장 전경이 눈에 들어온다.

다양한 각도의 벽면이 공간을 나누고, 각각의 벽에 여기저기 홀드가 붙어 있는 모습이 흡사 밝은 지하 동굴 같았다. 클라이밍 존 맞은편 센터장님의 업무 공간에는 밤에 보면 흠칫할 듯한 달마도와 이름 모를 산 사진이 담긴 액자가 걸려 있었다. 돈이나 홍보라고는 모르는, 어느 퇴역 권투 선수가 차린 무심한 체육관을 연상시킨달까. 세련되고 트렌디한 맛은 없지만 자기만의 고유한 무언가로 가득 찬 공간이 뿜어내는 기세가 느껴졌다. 지하로 향하는 좁은 계단을 내려올 때까지만 해도 상상하지 못했던 새로운 세계였다.

예상했던 이미지와 다른 공간에 잠시 혼미해졌던 정신을 부여잡자, 그제야 클라이밍을 하는 사람들이 보였다. 홀드를 붙잡고 이 벽에서 저 벽으로 옮겨 다니는 사람, 천장에 거꾸로 매달려 사투를 벌이는 사람. 누군가의 첫인상이 거꾸로 매달린 얼굴일 수 있다는 걸 그날 처음 알았다.

어색한 표정으로 쭈뼛거리며 서 있자 한 남자가 다가왔다. 몸에 비해 어깨의 비율이 눈에 띄게 크고 팔이 긴, 조금은 까무잡잡한 얼굴이 말을 걸었다.

"건율이 누나죠?"

"아, 네, 안녕하세요."

"강습은 8시부터니까 몸 풀고 편하게 계세요."

이 분이 나를 가르쳐 줄 분인가? 편하게 있으라는 말을 듣자마자 몸도 마음도 이상하게 불편해졌다. 동생은 어디에 있는 거지? 뭔가 단단히 발을 잘못 들인 기분인데. 고통의 내성이라니. 그곳에 있는 일 분 일 초가 부담스러웠고, 그 공간의 기운을 이겨 낼 내성이란 게 애당초 내게 존재하지 않는 듯했다. 동생은 나를 오해했고 나는 스스로를 과대평가한 것이다. 이런 익스트림 스포츠 수업을 도대체 무슨 생각으로 선결제했을까. 체험 먼저 해 볼걸. 한꺼번에 결제하지 말걸. 후회는 늦고 결제는 빨랐던 나는 그 자리에서 그만 돌처럼 굳어 버리고 말았다.

운동을 위한 편한 옷으로 갈아입으며 아주 오랜만에 학교 체육 시간에 했던 달리기가 떠올랐다. 신나게 달리고 싶은 마음과 달리 내 다리는 너무 무거웠고, 요령 없이 쿵쾅거리며 달리다 보면 어느새 땀이 비 오듯 흘렀다. 뛰느라 가빠진 숨 때문에 가슴은 뻐근하게 아파 오고, 마음속으로는 '뛰기 싫어, 멈추고 싶어, 지금 당장 그만하고 싶어!'라고 되뇌었다.

이런 나와는 반대로 달리기를 좋아하는 아이들도 많았다. 반을 대표해서 체육 행사에 나갈 사람을 뽑을 때마다 늘 비슷한 이름이 불리곤 했다. 마치 무대 위의 주인공 같았던 친구들. 자신이 원하는 모습대로 팔과 다리를 움직이는 그 친구들을 볼 때면 어쩐지 움츠러드는 기분을 느꼈다.

부족함은 자주 부끄러움으로 연결된다. 다 잘할수 없다는 걸 알지만, 그래도 잘 못할 것 같은 일은 일단 피하고 싶었다. 잘하는 건 최대한 보여 주고 못하는 건 되도록 숨기면서, 나는 적당히 침묵하고 회피하는 것으로 스스로가 잘 포장되길 바랐다. 하지만 몸으로 하는 일은 왜 이렇게 정직한지. 체육 시간이면 어쩔 수 없이 부족한 나를 마주해야 했다.

태어날 때부터 몸 쓰는 쪽으론 능력이 없었던 건지, 아니면 사용하지 않아서 능력이 사라진 것인지 알 수 없다. 재능의 유무를 확인하기도 전에 포기해 버렸으니까. 스스로를 원래 달리기에 재능이 없는 사람이라고 생각하면 그만이었다. 재능이 없으니 당연히 좋아할 수 없는 거지. '엄마는 어렸을 때 운동을 잘했다는데, 나는 아마 운동 신경이 없는 아빠를 닮았나 보다' 하고 아빠의 유전자를 탓하는 게 애써 신체를 단련하는 것보다 더 쉬운 방법이었다.

노력해서 잘하는 사람보다 노력하지 않고도 어느 정도 해내는, 대단하진 않지만 적당한 재능이 있는 사람의 역할을 하고 싶었다. 그리고 그 아래엔 실패한다 해도 언제든 '열심히 하지 않아서 그렇지'라는 말로 도망치고 싶은 욕심이 깔려 있었다. 실패했다는 사실 자체보다 실패의 과정을 견디기 싫었던 탓에, 시도해 보기도 전에 숨거나 포기하는 것이 습관이 되어 버렸다.

다행히 학교를 벗어나자 운동은 피할 수 있는 영역에 포함됐다. 더 이상 못하는 일로 평가받지 않아도 된다는 건 기쁜 일이었다. 그런데 다시 내 발로, 그것도 돈을 내고 체육 시간을 경험하러 올 줄이야.

지난날의 오랜 습관이 본능처럼 튀어나왔다. '어쩌면 지금 집으로 돌아가도 아무도 신경 쓰지 않을지도? 민폐라고 생각하겠지만… 수강료 일부도 환불받을 수 있을지도?'

이런저런 생각 끝에 나는 자연스럽게 집으로 돌아갈 방법에 골몰하고 있었다. 그러나 내가 우물쭈물하는 사이에 시간은 어느덧 8시 정각에 이르러 수업이 시작되었다. 그렇게 고민은 결정을 늦추고 늦춰진 결정은 나를 완전히 새로운, 한번도 그려 본 적 없던 세계로 데려갔다.

도망 안 가요

실내 클라이밍을 위한 준비는 간단하다. 움직이기 편한 옷을 입고, 바닥이 고무로 된 암벽화로 갈아 신는 것이 준비의 전부. 익숙하지 않은 암벽화를 신고서 매트 앞에 아무렇게나 주저앉자, 아까 인사를 건네던 그분이 서론도 없이 곧바로 수업을 시작했다.

센터장님은 벽에 일렬로 붙어 있는 홀드 일곱 개를 가리키며 출발 지점과 도착 지점을 알려 주었다. 갖가지 모양의 홀드들이 제멋대로 두서없이 붙어 있는 것이 아니라 나름의 질서와 이유를 갖추고 있음을 알 수 있었다. 강습이 이루어지는 공간의 두 벽은 수직, 한 벽은 약간 기울어진 각도로 되어 있고, 그 위에 초보자들이 클라이밍의 기본 동작을 익힐 수 있게끔 홀드들이 가로로 나란히 붙어 있었다.

클라이밍은 몸을 삼각형으로 만들어 무게 중심을 이동해 가며 원하는 지점에 도달하는 운동이다. 기본적으로 아래에서 위로 향하는 '상승'의 움직임을 쓰지만, 초보자는 '수평' 이동을 먼저 배워야 한다. 양손과 양발을 벽에 붙인 채 정해진 홀드만을 한 발 한 발 밟으며 나아가는 모습은 마치 걸음마를 배우는 아이 같다. 오늘 첫 수업의 목표는 첫 번째 홀드부터 일곱 번째 홀드까지 직선으로 이동하는 것. 지하 암장에 갇힌 나에게 출구란 없었다. 오직 눈앞의 문제를 풀어야만 집에 갈 수 있으리라.

"오늘 수업받고 나면 몸이 뭉칠 거예요. 평소에 쓰지 않던 근육을 썼으니 당연합니다. 그래도 내일 되면 좀 나아요. 일주일 지나면 더 편해집니다. 여기 보이는 홀드는 늘 그 자리에 있습니다. 내가 변하는 거예요. 홀드가 기다려 줄 테니까 열심히 해 봅시다."

도망칠 타이밍은 이미 지나 버린 것 같다. 인생은 타이밍인데, 오늘도 실패다.

스타트 홀드를 양손으로 잡고 두 발을 지면에서 떼는 순간 클라이밍이 시작된다. 그냥 벽에 붙어서 가는 게 뭐가 힘들까 싶지만, 발이 지면에서 떨어지면 평소에는 인지하지 못하던 중력이라는 거대한 장벽을 만나게 된다. 벽에 붙어 온전히 내 무게를 감당하다 보면, 얼마 지나지 않아 살아 있다는 감각을 아주 진하게 느낄 수 있다. 내가 발 딛고 서 있다는 게 얼마나 대단한 일인지, 얼마나 힘든 일을 매일같이 견디며 살고 있는지도.

아아, 삶이란 어쩌면 이리도 고통이란 말인가. 둥그런 핑크색 홀드에 두 손을 얹고 발 앞에 달린 좀 더 작은 홀드에 양발을 올리자 나는 이 모든 것이 확실히 잘못되었음을 알았다. 고통의 내성 같은 궤변에 속아, 사방이 온통 고통으로 가득한 곳에 잘못 도착한 것이다.

나아가는 건 고사하고 홀드를 붙잡고 버티는 것조차 힘든 상황에서 오직 한 가지 생각만 떠올랐다. 환불! 일단 이 순간을 모면한 뒤 어떻게든 환불받자고.

안간힘을 다해 손을 뻗어 다음 홀드를 잡고 발을 옮기려 해 봤지만 가차 없이 떨어졌다. 홀드를 잡았던 손바닥엔 아릿하게 쓰라림이 남았고, 꽉 끼는 암벽화 때문에 발가락은 떨어져 나갈 것 같았다. 암벽화는 미세한 틈이나 작은 홀드에 발을 딛고 몸을 지탱할 수 있도록 앞코가 마치 새부리처럼 뾰족한 모양이다. 발을 구겨 넣기도 쉽지 않을뿐더러, 신고 나면 제대로 걷기조차 어렵다. 초보자용 암벽화는 앞코가 조금 완만하긴 하나, 그 정도의 압박도 처음 느껴 보는 이들에겐 강한 통증으로 다가온다.

조그마한 홀드 위에 다시 올라간 내 육중한 두 다리는 몸의 무게를 견디지 못해 오토바이를 탄 것마냥 떨려 왔다. 덜덜덜덜. 떨리는 다리를 남이 볼까 얼른 홀드에서 손을 뗐다. 수치심이 밀려왔다. 도대체 여기서 내가 뭘 하고 있는 걸까. 짜증이 한껏 치밀어 오르려던 찰나, 센터장님이 나를 향해 무심히 한마디를 건넸다.

"홀드는 도망 안 가요. 오늘 못하면 내일 하면 됩니다. 3분 있다가 다시!"

'도망 안 가요.' 지금 당장 도망치고 싶은 마음, 여태껏 도망쳐 왔던 시간들을 모조리 들킨 것 같았다. 기껏 도망쳐서 도달한 곳이 지금 여기, 또 다른 도망자의 모습이라는 사실이 문득 서글펐다. 이런 식이라면 굳이 예언자가 아니어도 내 미래 정도는 맞출 수 있을 것 같은데.

해 보지 않고 포기하는 쪽이 체면을 세우기에 낫다

고 할 수 있을까? 피하지 않으면 나아갈 수 있으려나?

내 안의 질문들이 어서 답해 보라며 채근했다. 언제나 잘하고 싶었고, 무엇이든 잘 해내는 사람의 역할을 하고 싶었지만 그런 배역은 아무나 맡을 수 있는 게 아니라고 생각했다. 내겐 타고난 재능도 없거니와, 노력해서 겨우 얻는다 해도 오래가지 못할 거라고. 성취의 기쁨은 어쩌다 한 번뿐이고, 실패의 괴로움은 더 자주, 더 오래 내 곁에 머문다고 느꼈다. 부족한 나를 마주하는 일, 그 부끄러움을 감당할 용기가 내게 있을까?

센터장님이 건넨 말 덕분이었는지, 이번만큼은 도망가고 싶지 않았다. 나를 기다려 주는 무언가가 있는 이곳에 조금 더 머무르고 싶었다. 그게 말 못 하는 돌일지언정 말이다. 잘하는 내 모습만 사랑하고, 못하는 나를 용인하지 않는 사람이 더 이상 되고 싶지 않다. 고개를 들어 나를 기다리는 일곱 개의 홀드를 바라보았다. 아무런 말도 없이 물끄러미 나를 보고 있는 홀드가 조금 야속하게도, 고맙게도 느껴졌다.

3분 후, 나는 다시 벽 앞에 섰다. 그리고 네 번째 홀드를 잡았다. 홀드는 도망가지 않고 제자리에서 부족한 나를 견디고 있었다.

그렇게 내적 오열과 수치심으로 가득한 첫 수업이 끝났다. 피가 쏠려 팽팽해진 근육의 감각을 느끼며 후들거리는 팔과 다리를 주물렀다. 잠시 후 옆 벽에 붙어 신나게 클라이밍을 즐기던 동생이 슬그머니 다가왔다. "오늘 수업 재밌었나?"

동생은 아무래도 사람을 열받게 하는 재주가 있는 것 같다. 재미라니. 당장이라도 육체적 고통과 환불을 말하려다 잠시 생각했다. 정말 그것뿐이었을까.

"그래, 재밌더라."

"내 말 맞제?"

"뭐, 다음 시간엔 더 잘할 수 있겠지."

수업이 끝난 후, 더 이상 그곳에 남아야 할 이유는 없었다. 하지만 나는 곧장 집으로 돌아가지 않고 한참 동안 센터에 머물렀다. 두리번거리며 주변을 살피자 기묘한 기분이 들었다. 이 지하 암장의 자발적 수감자가 될 것 같은 예감.

'도망 안 가요. 아니, 도망 못 갈 것 같아요.'

이기는 게 본체

안타깝지만 드라마는 없다. 이변 없이 나는 몸 쓰기에 재능이 없었다. 강습 시작 후 2주 동안 일렬로 놓인 홀드를 잡고 수평으로 이동하는 것만 배웠다. 남들은 하루 만에도 배울 수 있는 내용을 반복하고 또 반복했다. 마치 영웅의 서사에서 빠지지 않고 등장하는 지루하고 고단한 수련 장면 같은 시간이었다. 영화와 현실의 차이점이 있다면 이곳의 시간은 편집이나 빨리 감기 없이 온전한 속도로 흘러간다는 것. 성장이란 그렇게 눈 깜빡할 사이에 일어날 수 있는 게 아니니까. 그러니 장면이 바뀌면 어느새 필살기를 익힌 주인공이 짠 하고 등장하는 일 또한 당연히 일어나지 않았다. 현실의 장면 속엔 여전히 팔다리를 허우적거리는 내가 남겨져 있을 뿐.

영화 같은 성장은 없어도, 다행히 훌륭한 스승은 있었다. 센터장님은 거의 반사적으로 특정한 동작이 나오게 하려는 듯 기본기를 가르치는 일에 집착했다. 처음엔 홀드 일곱 개를 잡고 편도로 이동, 편도가 가능해지면 왕복으로 이동했다. 무릎을 양옆으로 벌려 양발 안쪽이 벽에 닿는 자세로 이동하는 인사이드 스텝으로 한 번, 진행 방향에 맞춰 몸을 비틀어 한 발 바깥쪽이 벽에 닿는 자세로 이동하는 아웃사이드 스텝으로 한 번. 두 가지 스텝이 가능해지면 홀드 위에서 양발을 서로 바꾸며 이동하는 방법으로 왕복했다. 그렇게 단조롭게 직선으로만 오고 가는데도 한 시간이 금세 흘렀다.

실제로 벽에 붙어 있는 시간은 5분도 채 되지 않을 텐데 어떻게 다음날 하루 종일 근육통에 시달릴 수 있는 것인지. 강습 후에 어김없이 찾아오는 통증은 좀처럼 익숙해지지 않았다. 그렇게 한 달이 넘어가자, 재능은 고사하고 내 몸이 이 운동에 매우 부적합하다는 사실을 인정해야 했다. 인정했다기보단 비로소 내 몸을 제대로 알기 시작했다는 말이 더 적합하려나.

이제껏 시간을 따로 내서 운동을 한 적도 없거니와, 모든 면에서 건강한 생활 습관과는 거리가 먼 삶을 살았다. 폭식, 불규칙한 수면, 구부정한 자세로 오래 앉아 있기. 매일 이렇게 지내다 보니 기초 체력이라 부를 만한 것이 전혀 없었다.

이달에 초급 강습에 등록한 회원은 총 네 명. 나를 포함해 여자 회원 세 명과 남자 회원 한 명이 이달의 동기생이 되었다. '착한 호랑이'라는 뜻의 이름을 가진 20대 초반의 남자 회원은 열정이 가득했다. 수업이 끝나면 다시 벽에 붙을 엄두를 못 내는 나와 달리, 착한 호랑이는 수업 전후로 보강 운동과 복습을 게을리하지 않았다. 지치지 않는 체력을 가진 그를 보며 젊음은 그 자체로 하나의 재능일 수도 있겠다는 생각을 했다. 재능과 노력을 겸한 사람을 바라보며, 나와는 상관없는 일인 양 질투나 부러움조차 느끼지 않았다.

반면 여자 회원 두 명은 조금 달랐다. 매번 시간에 맞춰 출석하는 나와 달리 그들은 종종 수업에 늦거나 결석했다. 그렇다고 따로 추가 운동을 하는 것 같지도 않았다. 수업이 끝나면 그저 약간은 지치고 조금은 뿌듯한 표정으로 유유히 암장을 떠났다.

그 무렵 나는 암장에서 보내는 시간을 기준으로

비교의 저울질을 시작하고 있었다. 함께 운동하는 동기들을 한 명씩 나와 반대편 저울 위에 올려두고서 경쟁자의 눈으로 바라보았다. 누구도 시킨 적 없는, 나만 아는 경쟁이었다. 강습 진도를 따라가기조차 버거워하는 나와 달리, 다른 동기들은 비교적 어렵지 않게 실력을 쌓아 가는 것 같았다. 출석률이 떨어지고 암장에 머무르는 시간도 나보다 짧은 회원들이 하나둘 앞서 나가자 나는 이내 조바심이 일었다. 모두가 푸는 문제를 나만 못 풀고 집으로 돌아오는 날이면 자괴감에 잠을 설쳤다. 잘하고 싶은 마음에 자꾸만 애가 탔다. 열의만으로는 늘지 않는 체력이, 무의미하다는 걸 알면서도 끊임없이 누군가와 비교하는 자신이 싫지만, 별수 있나.

뭐 하나 마음처럼 되지 않는 나날이었다. 이런 내 속도 모르고 강습은 시간의 흐름에 따라 착실히 진행되었다. 한 달 정도 수업을 받은 우리는 어느덧 수평 이동이 아닌 상승 기술을 접하게 됐다. 이 단계에 들어서자 상승 그래프의 곡선처럼 위를 향하도록 구성된 13개의 홀드가 주어졌다. 맨 아래 스타트 홀드에서 시작해 직벽 가장 윗부분에 놓인 피니쉬 홀드를 잡는 것이 우리가 풀어야 할 문제다.

수평 이동도 쉽진 않지만, 위로 올라가려면 약간의 담력까지 필요했다. 기초가 탄탄하지 않은 내 몸과 마음 위로 피로가 쌓이고 있었다. 높은 곳에 위치한 홀드를 잡으려고 몇 번이나 도전했지만 잘 되지 않았다. 이미 의욕도 체력도 잃어버린 나를 부르는 센터장님의 목소리가 들렸다. "자, 다음. 참미 씨, 붙으세요."

이미 수차례 반복한 문제였고, 아무리 생각해도 오늘은 풀리지 않을 것 같았다. 여러 번 실패한 문제 앞에서 또 한번 '다시'를 외칠 자신이 없었다.

"아… 안 될 것 같은데."

습관 같은 체념이 흘러나왔다.

"안 되는 게 어딨어요. 다 할 수 있습니다."

세상엔 안 되는 것도 있답니다. 제가 그 증거라고요. 센터장님의 말꼬리를 붙잡고 싶었지만 내향형 인간이라 마음의 소리를 다 말할 순 없었다.

"할 수 있다고 믿고 가도 잘 안 되는 게 클라이밍인데, 가기 전부터 안 될 것 같다고 하면 당연히 못 가죠."

움직일 생각이 없는 나를 말로 두드려 패는 센터장님. 저기, 제가 그 사실을 몰라서 안 가는 게 아닌데요.

"그…렇겠죠? 그런데 지금은 못 갈 것 같아요."

비교적 정중하게 거절했다고 생각했는데, 센터장님은 돌려 말하면 안 되는 스타일인 걸까.

"그걸 왜 본인이 결정해요? 일단 해 봐요."

음, 생각보다 고집 있는 타입이신가 보다. 내 팔은 탱탱하게 부풀어 올랐고 손아귀에는 힘이 잘 들어가지 않았다.

"맞는 말이긴 한데요. 쌤, 한 번 더 해도 안 될 것 같아요."

실례지만 저도 한 고집 한답니다. 그리고 이건 고집이 아니라 자기 객관화의 문제가 아닐는지요.

"그럼 또 하면 되죠. 할 수 있습니다. 자기 자신을 이겨 내야죠."

이쯤 되자 나도 물러서지 않았다.

"제가 저 자신이랑 싸우는 거면, 이기는 것도 제가 하고 지는 것도 제가 하는 건데. 그럼 이러나저러나 똑같은 거 아닌가요?"

보내려는 자와 가지 않으려는 자의 한 치 양보도 없는 대화. 이 대화가 벽을 타고 흘러가 다른 사람들의 귀에까지 들렸나 보다. 근처에서 문제를 풀던 회원 한 명이 내게 조심스럽게 다가와 말했다.

"이기는 자신이 본체가 되는 거죠. 파이팅!"

내 안에 있는 수많은 나. 그중에서 어떤 나로 살 것인지 정할 수 있다면, 나는 어떤 사람이 되고 싶은 걸까. 스스로 한 말처럼 지는 것도 이기는 것도 다 내가 하는 거라면, 왜 매번 지는 쪽으로 기우뚱하게 서 있는지, 이기려는 마음에는 왜 그토록 데면데면하게 구는지 알 수 없는 노릇이었다. 나조차 이기지 못하면서 다른 사람들과의 경쟁이라니.

몇 번이고 홀드에서 손을 떼고 싶었지만, 동시에 그만 부끄럽고 싶다는 마음이 나를 붙잡았다. 내 본체를 정의할 수 있다면, 안 될 것 같아 보이는 일에도 일단 한번 도전해 보는 사람이고 싶었다. 흔히 말하는 성공이라는 결과에 다다르지 않더라도, 실패의 가능성을 예상하면서도 기꺼이 그것을 선택해 보는 사람이고 싶었다.

그렇게 마지막 힘을 쥐어 짜서(현실은 죽을 듯이 고함을 지르며), 마침내 마지막 홀드를 잡았다. 실패하겠다고 마음먹는 순간 얻게 되는 우연한 성공이 이런 걸까. 그때 생각했다. 이 짧은 성공 후에 얼마 지나지 않아 다시 포기하게 될 지도 모른다고. 그러나 내일은 알 수 없어도 오늘만큼은 이기려는 마음을 가진 내가 본체가 되었다.

지금 저울 위에 올라간 건 질 것 같으니 포기하고 싶다는 마음과 그럼에도 이기고 싶다는 마음, 그 두 마음을 가진 나다. 앞으로도 저울은 시소 타듯 오르락내리락하겠지만, 반대편에 마주한 대상이 더 이상 타인이 아닌 것만으로도 내 삶의 다음 페이지를 넘긴 기분이었다.

묻지도 따지지도 말고 가라

왼손 약지가 눈에 띄게 부어올랐다. 풀리지 않는 문제에 고집스레 매달리다 보니 손목과 손가락에 엉성하게 붙여 둔 보호용 테이프들이 어느새 너절해졌다. 이쯤 되니 오늘은 그만 포기하고 싶은 마음이 굴뚝같았지만, 반대로 해내고 싶은 열망 또한 사그라들지 않았다. 기껏 고생해 놓고 여기서 그만둔다고 생각하니 조금 억울한 기분마저 들었다. 게다가 지금 이대로 집으로 가 버리면 내일 다시 똑같은 문제를 풀어야 한다. 그건 너무 싫은데…. 복잡한 마음이 쉽게 발걸음을 떼지 못하게 만들었다.

'아, 몰라. 그냥 끝장을 보자.'

내 안 어딘가에 남아 있을 열정 부스러기들을 다시 한번 끌어모아 보기로 했다. 누가 알겠는가. 마지막이라고 생각하고 가면 초인적인 힘이 발휘될지. 이미 벌겋게 달아오른 손으로 홀드를 잡는 내 모습이 낯설지만 제법 멋진 것 같기도?

만약 영화의 한 장면이었다면 이번에야말로 피니쉬 홀드를 잡아 성공을 맛볼 타이밍이다. 하지만 이곳은 현실 창원의 지하 암장. 딱 현재의 나만큼, 내가 가진 능력만큼만 나아갈 수 있다는 걸 모르지 않았다. 마지막 남은 힘까지 열심히 쥐어 짜내 도착한 곳은 애석하게도 '마침내'가 아닌 '역시나' 실패하는 쪽이다.

그 와중에 기대했던 감격의 눈물은 아니어도 일종의 눈물을 흘리긴 했다. 무리해서 홀드를 잡다가 그만 중지와 손바닥을 잇는 부위에 크게 상처가 난 것이다. 아픈 건 당연하고 서러운 마음마저 들어 나도 모르게 눈물이 찔끔 흘렀다. 이렇게 한심한 엔딩이라니. 이래서야 누가 다음 편을 궁금해한단 말인가. 문제도 못 풀고 상처만 얻은 쓸쓸한 하루다. 안타깝지만 이젠 다른 도리가 없다. 희망과 기대는 접어두고 오늘은 안녕을 고하는 수밖에. 싫어도 내일 다시 매달리는 수밖에.

각자의 수준에 따라 차이는 있겠지만, 완등이라는

목표를 이루기 위해서는 도전의 횟수를 세는 일이 무의미할 정도로 많은 연습이 필요하다. 특히 나처럼 초심자라면 그런 노력이 필요한 건 더더욱 당연한 일. 비록 당장 피니쉬 홀드에 도달하진 못한다 해도, 시도하는 과정 자체로 클라이밍에 필요한 근육과 감각을 발달시킬 수 있다. 삶에서 대부분의 일이 그러하듯 클라이밍 역시 '잘함'으로 나아가기 위해선 반복하여 익숙해지는 것 말고 다른 길이 없으니까.

아쉬움을 뒤로하고 탈의실에 들어가 손에 난 상처를 살폈다. 그동안 운동을 하면서 생긴 굳은살이 아까 홀드를 잡을 때 쓸린 모양이다. 살점이 꽤 크게 떨어져 나갔다. '샤워할 때 어쩌지.' 집으로 돌아가 씻을 생각을 하니 아찔함이 밀려왔다. 이런 상처는 운동이 끝나고 일상생활을 할 때가 더 고역이다. 상처 부위에 물이라도 닿는 날엔 극한의 고통을 경험하게 된다. 그러니 필히 샤워는 세심하게, 가능한 한 상처에 물이 닿지 않도록 잘 관리해야 한다.

아픈 만큼 성장한다고, 클라이밍을 하다 보면 내적으로나 외적으로나 변화에 따르는 성장통을 겪게 된다. 내면의 변화는 서서히 소리 없이 이루어진다면,

외적인 변화는 이것 좀 보라며 소란을 떨 듯이 존재감을 드러낼 때가 있다. 최근에 내 전완근이 그랬다. 운동을 시작한 뒤로 내 전완근은 탄탄과 통통의 경계를 넘나들며 날이 갈수록 다부져지고 있었다. 그 때문인지 얼마 전까지만 해도 잘 입던 원피스를 입었는데 어딘가 모르게 부자연스럽고 어색한 모양새다. 낯선 전완근을 가진 거울 속 내 모습에 좀처럼 적응이 되지 않는다.

그뿐이랴. 뚝딱거리며 벽을 타다 보니 몸 여기저기에 하루가 멀다 하고 멍 자국이 생긴다. 무릎이나 팔꿈치에는 멍이 없는 날을 찾기가 더 어렵다. 하지만 무엇보다 급격하게 달라진 부위는 다름 아닌 손이다. 마찰력을 높여 주는 클라이밍 필수품인 초크는 손을 건조하게 만든다. 홀드의 거친 표면은 손에 자극을 가해 쉽게 굳은살이 생기게 한다. 지금 같은 부상 역시 손의 변화에 한몫한다. 클라이밍을 시작한 후로 처음에는 손에 굳은살이 생기는 속도에 한 번 놀라고, 그다음에는 굳은살이 멀쩡한 살점과 함께 떨어져 나갈 수도 있다는 사실에 두 번 놀랐다.

나는 어릴 때부터 손에 대한 애착, 달리 말하면 집착이 있었다. 수시로 핸드 크림을 바르고 네일 케어를 받는 것은 물론, 강박에 가까울 정도로 큐티클 정리를 했다. 왜 그렇게 손에 집착했을까. 이유를 찾기 위해 기억을 더듬어 보면, 종종 내 손을 바라보며 '곱다'고 말하던 엄마의 얼굴이 가장 먼저 떠오른다. 엄마의 손은 내가 기억하는 모든 순간 거칠고 투박했다. 손톱이 크고 손가락 뼈마디가 굵은 데다 만져 보면 보드라움이라곤 없었다. 엄마는 내 손을 잡고 '아이고, 뼈가 이렇게 가늘어서 우짜노' 하며 하염없이 손등을 쓰다듬곤 했다. 어린 나이였지만 엄마의 그 말이 탄식이라기보단 아름다움에 대한 감탄이라는 걸 알았다.

여느 사춘기 아이들이 그렇듯 자신의 외모가 만족스럽지 않았던 나는 손을 또 하나의 얼굴처럼 여기곤 했다. 손은 얼굴만큼 쉽게 노출되고 눈에 띄기 마련이니까. 그래서 클라이밍을 시작하고 얼마 지나지 않아 손에 투박한 굳은살이 생기자 적잖이 당황했다. 당황은 곧 고민으로 바뀌었고, 이걸 이렇게까지 해야 하는 이유가 무엇인지 스스로에게 물었다. 손은 나에게 몇 없는 장점 중 하나고, 클라이밍을 계속한다는 건 그 소중한 대상을 포기해야 한다는 뜻이니까.

오늘 같은 날에는 상처 난 손처럼 내 마음도 한껏

뿔난 채로 부어오른다. 영광의 상처가 아닌, 영광은 없고 오직 상처만 남은 실패의 시간은 도무지 익숙해지질 않는다. 핸드 크림을 바르고 네일 케어를 받는 안온한 삶으로 돌아가고 싶은 마음이 슬그머니 고개를 든다. 그러나 동시에 '이미 시작한 거 끝장 보지 뭐' 하는 마음이 내일도 모레도 나를 암장으로 소환한다. 풀리지 않는 문제 앞에서 갈팡질팡하는 모습과 별반 다르지 않은 태도다.

이렇게 물러 터진 손만큼이나 아직 단단하지 못한 내 마음이 선뜻 '다시'를 외치지 못하게 할 때면, 가만히 선 채로 붙잡아야 할 홀드를 바라본다. 그리고 그 위에 손을 올려 본다. 그러면 비록 상처 입더라도 가야 할 길이 정해져 있다는 사실이, 노력하고 반복하다 보면 고통에 무뎌지는 굳은살이 생긴다는 사실이 다행으로 다가와 마음이 놓인다. 매번 망설이지만 끝내는 마음 가는 쪽으로 한번 더 움직여 본다. 늘 포기를 옆 주머니에 차고도 최대한 꺼내 보지 않으려 애쓰는 마음이 오늘은 아주 조금 앞섰다.

거칠고 투박한 엄마의 손. 그 손은 예나 지금이나 여전히 멋지다. 그 멋짐은 단순히 미용적인 아름다움

이 아닌, 그 손으로 자신이 원하는 삶을 이루어 내고
자 했던 엄마의 용기에서 온다는 것을 이제는 안다.
그러니 내게도 그런 용기가 있기를, 무수한 반복으로
닦인 멋진 길이 내 손 위에 새겨지길 바라 본다.

이변 없이 실패하더라도 다시금 무심히 홀드를 잡
는 마음이 필요한 때, 오늘의 부상은 상처에도 결국
새살이 돋아난다는 걸 잊지 말라는 교훈이 아닐는지.
그러니 일단은 샤워할 때 조심 또 조심!

매번 망설이지만 끝내는
내 마음 가는 쪽으로 한번 더 움직여 본다.
늘 포기를 옆 주머니에 차고도
최대한 꺼내 보지 않으려 애쓰는 마음이
오늘은 아주 조금 앞섰다.

실력으로
타인을 구분 짓지 않는다

한창 초급 강습에 열을 올리고 있을 무렵, 동생에게 강습받는 내 모습을 영상으로 남겨 달라고 부탁했다. 내가 볼 수 없는 내 뒷모습, 뚝딱거리며 벽을 타는 모습이 어떨지 문득 궁금해졌기 때문이다. 게다가 수업이 없을 때 영상을 보며 복습할 수도 있을 테니 이거야말로 일석이조. 공부를 이렇게 했으면 뭐가 돼도 됐을 텐데.

다음 날 동생과 커피를 마시며 전날 저녁에 녹화해 둔 강습 영상을 함께 봤다. 동생은 영상 속 나를 한심하게 봤다가, 진지하게 조언했다가, 끝내는 피식피식 웃었다. 클라이밍 하는 내 모습은 차마 눈 뜨고 볼 수 없게 처참했다. 어떤 처연함마저 느껴지는 몸짓이 랄까. 올해 내가 본 것 중 가장 슬픈 영상이 아닐 수 없었다. 고통과 좌절과 번뇌가 가득한 뒷모습. 분명 짠해서 슬픈데, 또 이상하게 매우 재밌기도 해서 같은 영상을 몇 번이나 돌려 봤다.

그러다 힘겹게 낑낑대는 내 모습 뒤로 어떤 남자 목소리가 들리는 걸 알아차렸다.

"유전자는 못 속이네. 건율이 처음 배울 때랑 자세가 똑같네."

잠깐, 이거 나한테 하는 얘기 같은데. 동생에게 다시 영상을 보여 주며 물었다.

"방금 말하던 사람 누구야?"

"누구?"

"너랑 나랑 자세 똑같다고 말한 사람."

"아, 진한이 형? 누나랑 동갑이다. 우리 암장에서 클라이밍 제일 잘한다. 아니다, 우리 암장은 무슨. 창원에서 제일 잘한다."

이것이 내가 진한에 대해 얻은 첫 번째 정보이자 기억이다. 첫인상을 중요하게 여기는 내게 진한은 얼굴이 아닌 목소리로 기억됐다. 묵직한 저음이지만 어딘가 날카로움이 서린 목소리. 얼마나 실력자이길래

동생의 평가가 그리도 후한 걸까. 이날 이후 조만간 진한을 볼 수 있으리라 생각했지만 타이밍이 맞지 않은 탓인지 기회가 잘 오지 않았다.

그러던 어느 날 저녁, 암장에서 몸풀기를 하고 있을 때였다. 계단 너머로 어쩐지 익숙한, 크고 까랑까랑한 목소리가 들렸다. 문을 열고 들어온 진한의 얼굴은 목소리로 상상하던 느낌과 닮아 있었다. 짙은 사투리 억양, 마른 체형에 날카로운 눈매, 게다가 클라이밍 고수라니. 나이만 동갑이지 쉽게 친해지지 못할 것 같은 분위기가 물씬 풍겼다. 겪어 보지 않아도 우리는 다른 부류의 사람이란 걸 알 수 있었다.

한번 눈에 익자 진한의 모습이 계속 보이기 시작했다. 그간 어떻게 몰랐을까 의아할 정도로 존재감이 대단했다. 진한은 듣던 대로 잘했다. 정말, 정말 잘했다. 정확하고 확실한 움직임, 힘과 유연성을 동시에 보여 주는 진한의 클라이밍은 때론 예술과 운동의 경계를 오갔다. 우리가 흔히 생각하는 클라이밍이 역동적인 움직임으로 가득 차 있다면, 진한의 동작에는 어떤 우아함 같은 것이 있었다. 왁자지껄하던 암장도 진한이 움직이면 자동적으로 음소거 모드가 됐다. 마치 무대 위 배우처럼 우리의 시선을 사로잡는 그는 누가 뭐래도 암장의 주인공이었다.

빛나는 재능을 지켜보는 건 즐거운 일이다. 하지만 반대의 경우라면 얘기가 완전히 달라진다. 암벽에 붙은 내 모습은 누구 앞에서도 보여 주기 부끄러운 모양새였는데, 특히 진한이 지켜볼 때면 정말이지 진땀이 났다. 더 솔직하게 말하자면 무서웠다. 아는 만큼 보인다는 말도 있지 않은가. 진한은 자신의 좋은 실력만큼 다른 이들의 장단점을 명확하게 판단할 줄 알았다. 잘하는 사람으로부터 듣는 조언이라는 게 누군가에게는 돈을 주고서라도 얻고 싶은 것일 수 있지만, 나로서는 한사코 사양하고 싶은 일이었다. 굳이 남한테 지적당하지 않아도 부족한 실력에 충분히 괴로워하고 있던 내가 아닌가. 농담처럼 놀리는 건 몰라도 정확한 평가를 듣는 건 자신이 없었다. 그래서 나는 되도록 진한이 없는 곳에서 운동을 하거나, 문제를 잘 풀다가도 진한이 다가오면 딴청을 부리며 자리를 떴다.

역시나 풀리지 않는 문제 하나 때문에 늦게까지 암장에 남아 있던 날이었다. 함께 문제를 풀던 이들이 모두 떠났는데도 혼자만 남아서 끙끙대는 꼴이라니. 맥이 좀 빠지려던 그때, 뒤를 돌아보니 진한이 나를 지켜보고 있었다. '뭐야. 언제부터 거기 있었던 거지? 평소엔 그렇게 시끄러우면서, 왜 귀신처럼 기척도 없이 서 있는 거야.'

내가 당황해서 어버버버 하는 사이 진한은 말 없이 다가왔다. 그러고는 내 앞을 스윽 지나 내가 풀던 문제의 첫 번째 홀드를 잡았다. 스타트 홀드에 손을 올린 그는 다음 홀드로 넘어가기 편한 자리를 찾아 여기저기 발을 옮겼다.

"여기네."

"예에…?"

"이 위에 발 밟고, 손은 여기 끝을 잡아 봐."

"어? 어… 아… 네…."

진한이 알려 준 대로 몸을 움직여 봤지만 잘 되지 않았다. 그래도 마구잡이로 홀드를 밟던 것보단 훨씬 안정된 자세가 나왔다.

"아니면 여기 밟고 가 봐."

진한은 다시 몸을 움직여 발 자리를 수정했다. 나는 이번에도 따라 하지 못했다. 엉겁결에 다음 홀드를 터치하긴 했지만 그뿐이었다. 진한은 조용히 다시 벽에 붙었다. 그렇게 그는 내가 한 번에 성공할 수 있는 움직임을 찾을 때까지 반복했다. 스승에게 성장하는 모습으로 보답할 수 있었다면 좋았겠지만, 나는 끝까지 문제를 풀지 못했다.

'그래, 무슨 말이든 던져. 어차피 너덜너덜해진 거 어떤 평가도 감수할 수 있다고!' 속으로 진한의 냉정한 평가를 기다리며 고개를 숙였다. 너무 고칠 게 많아서 아무것도 지적할 수 없었던 걸까. 진한은 별다른 말 없이 아까 자신이 풀던 문제로 돌아갔다. 그날 진한이 내게 한 일이라고는 맞는 발 자리를 찾도록 도와주고 지켜본 것이 전부였다.

암장이 문을 닫는 시간. 옷을 갈아입고 나오는데 이상하게 마음이 가뿐했다. 끝끝내 실패만 하고 돌아가는 발걸음이 무겁지 않은 건 그날이 처음이었다. 여전히 손과 발은 아팠지만 기분만은 괜찮았다. 이렇게 가벼운 마음으로 집에 돌아갈 수 있는 이유는 진한이 보여 준 행동과 태도 덕분이라는 걸 인정할 수밖에 없었다.

실력으로 선 긋고 타인을 구분 짓는 건 애초에 진한이 아닌 나였다. 그를 보자마자 '나와는 다른 종족'으로 분류해 버린 것도 마찬가지였다. 남들이 나를 어떻게 볼지에 대해서만 걱정하고 부끄러워했지, 그들을 내 기준대로 줄 세우고 경쟁 상대로 여기는 나 자신에 대해서는 돌아보지 못했다. 만약 진한에게 타인을 구분하는 기준이 있다면, 그건 클라이밍을 하는 사람과 하지 않는 사람 정도가 아닐까.

그날 이후로 진한은 마치 클라이밍을 할 때처럼 내가 마음속에 몰래 세워 둔 벽을 자유자재로 넘나들었다. '네가 가진 마음의 벽쯤이야'라는 듯이. 내가 암장에서 보내는 시간을 담담하게 위로하고 기쁘게 만들어 주었다.

시간이 지날수록 진한에 대해 새롭게 알게 되는 점들도 늘어났다. 그는 가끔 공감 능력이 없는 건가 싶을 만큼 상대의 마음에 비수를 꽂는 말을 아무렇지 않게 한다. 마냥 단순하고 장난스럽게 사는 것 같다가도, 누구보다 뚜렷한 삶의 목표와 가치관을 말해서 사람들을 놀라게 하기도 한다. 의외로 정에 약한 사람이어서 잊지 않고 센터장님의 생일을 챙기고, 겨울이면 붕어빵을 사 와서 친구들에게 무심히 건넬 줄 알았다. 운동은 그렇게 대담하게 하면서도, 좋아하는 사람 앞에서는 늘 긴장하고 노력하는 사람이 진한이었다.

나는 그를 보며 사람이란 이토록 복잡한 존재라는 사실을 새삼 깨닫는다. 그러니 이제부터는 클라이

밍도, 사람도 어느 한 단면만이 아니라 다채로운 진
짜 모습을 만나기 전까지 판단을 유보해 두겠다고 다
짐해 본다. 내가 스스로 만들어 온 마음의 불순물들이
가라앉을 때까지 애정을 가지고 바라보아야겠다고.

이제 나는 진한이 보는 앞에서도 클라이밍을 한다.
어쨌든 그에게 나는 함께 클라이밍을 하는 사람이고,
그거면 충분할 테니.

덕질 다단계

나의 덕질의 역사는 바야흐로 god(지오디)부터 시작된다. '국민 그룹'이라는 타이틀대로 그 시절 온 국민이 사랑했던 가수. 나 역시 그 국민의 한 사람으로서 열성적으로 god를 좋아했다. 너무 좋아했던 나머지, 중학교 1학년 과학 시간에 손을 들고서 이런 질문을 했다.

"선생님, 윤계상이 내뱉은 숨을 제가 들이마실 수 있는 확률이 얼마나 되나요?"

지금 생각하면 다소 기괴한 질문이 아닐 수 없다. 하지만 그렇게밖에 보고 듣고 생각할 수 없던 시절이었고, 그만큼 애끓는 마음을 가져야만 나올 수 있는 질문이었다. 창원에 사는 중학생인 나와 서울에 있는 아이돌 윤계상의 접점이란 누구에게나 공평하게 주어지는 공기 말고는 없어 보였다. 비록 과학 선생님은 황당해하셨지만(죄송합니다 선생님), 내게는 순수해서 귀엽고 그래서 더 애틋하게 남은 기억이다.

온 세상이 사랑하는 대상을 중심으로 돌아가는 그런 시간이 누구에게나 한번쯤은 있으리라 믿는다. 일상의 모든 감각이 사랑하는 대상을 통과해서 자신에게 닿는 경험. 그것이 바로 사랑의 시작이 아닐까. 구태여 언어로 설명하지 않아도 사랑에 빠진 사람은 눈빛과 행동으로 자신이 무엇에 몰두해 있는지를 드러낸다. 사랑은 원래 그런 거니까. 우리는 '사랑한다'는 말 없이도 누가 사랑에 빠져 있는지, 무엇을 사랑하고 있는지를 알 수 있다. 숨긴다는 것 자체가 불가능한 일, 그게 사랑이다.

클라이밍에 대한 애정도 마찬가지다. 클라이밍에 과몰입하게 되면 그 옛날 덕질을 하던 때처럼 세상 만물이 클라이밍과 관련된 것들로 보이기 시작한다. 입덕 반응의 첫 단계는 '모든 사물의 홀드화'다. 실제 암벽을 볼 때는 당연하고, 홀드 비슷하게 생긴 것만 봐도 클라이밍이 떠오른다. 물건이든 건물이든 홀드를 연상하며 이리저리 손을 대 보고 잡아 보게 되는 것이다.

일상생활 속 평범한 행동들도 수시로 클라이밍을 위한 훈련으로 둔갑한다. 가령 버스나 지하철의 손잡이를 잡을 때면 괜히 한번 손아귀에 힘을 꽉 줘 본다. 먼저 다섯 손가락을 다 이용해 손잡이를 잡았다가 다음은 세 손가락, 마지막엔 한 손가락으로 버티며 몸의 균형을 맞춰 본다. 꼭 어떤 효과를 기대하는 건 아니다. 딱히 훈련이 되는지도 모르겠다. 그냥 해 보는 거다.

여름이면 수박을 사 들고 갈 때, 겨울이면 귤 상자, 하다못해 쓰레기봉투를 옮길 때도 단련한다는 마음으로 홀드를 잡을 때처럼 손가락을 쓴다. 수박 운반용 노끈에, 귤 상자 옆면 구멍에, 쓰레기봉투 손잡이에 손가락을 걸고서, 혹시나 얻게 될지 모를 팔 근육을 상상하며 힘을 내 본다. 무용하다는 것을 알면서도 그런 짓(?)을 멈출 수가 없다. 내 의지와 상관없이 본능처럼 이루어지는 일이니까.

여기서 더 나아가면 일상이 조금 불편해지는데, 남들이 봤을 때 이상한 사람으로 오해할 가능성이 높아진다. 건물 외벽에 이유도 없이 손을 갖다 대는 것부터, 실제로 벽을 잡고 몸을 당겨 본다거나, 난간처럼 홀드가 될 만한 구조물을 보고 루트 파인딩등반할 구간을 미리 눈으로 읽고 계산하는 것을 한답시고 허공에 손을 휘휘 젓게 될 수도 있다. 만약 그런 상태라면 당신은 이미 클라이밍 덕후다.

클라이밍을 배운 후로 언제부턴가 내가 하는 말들에 동생이 했던 말들이 겹쳐지곤 했다. 맥락도 없이 어떤 대화에서든 클라이밍 이야기를 하는 나 자신을 발견할 때가 그랬다. 좋은 걸 숨기기보단 널리 알려 함께하고 싶은 마음, '이 재밌는 걸 모르면 너무 안타까운데 어쩌지' 하며 동동거리는 마음 같은 것. 우리 남매의 유전적 기질엔 그런 면이 강하게 깔려 있는 걸까. 아니면 그저 사랑에 빠진 사람들은 다 이 모양인 걸까.

진심 어린 호소에 걸려들면 누구라도 한 번은 암장에 오게 되어 있다. 언제 오느냐의 차이가 있을 뿐. 그중에는 그저 호기심으로 와 본 친구들도 있었지만, 좋아하는 마음을 열심히 고백하는 우리 남매의 태도에 감화된 이들도 많았다. 덕심에 기반한 간증과 전도는 듣는 사람으로 하여금 크게 두 가지 반응을 불러일으켰다. 첫 번째가 '재밌겠다, 해 보고 싶다'라면, 두 번째는 '이게 뭐가 어려워?'다. 대부분은 전자의 반응이었지만, 간혹 해 보지도 않고 별것 아니라는 듯 아는 체하는 이들도 있었다. 특히 내가 클라이밍 하는 영상을 본 친구들에게서 그런 반응이 더 쉽게 나왔다. 그럴 때면 분한 마음을 숨기지 못하고 이런저런 설명을 늘어놓으려는 나를 보며 동생이 말했다.

"열 낼 것 없다. 일단 와서 한번 해 보게 만드는 게 중요함!"

일단 한번 해 보는 것. 그래, 그 대표적인 희생자가 나 아닌가. 동생은 일일 체험을 권하는 것이 클라이밍을 시작하게 만드는 가장 효과적인 방법이라고 했다. 정식 강습에 등록하려면 이런저런 결심이 필요하지만, 일일 체험 정도는 상대가 뱉은 말도 있고 하니 어렵지 않게 수락할 수 있다고 한다. 흥미를 느끼는 사람들에겐 '잘한다, 잘한다' 칭찬하면서 성취감을 맛보게 하고, 우습게 보는 사람들에겐 어려운 문제로 아주 혼쭐을 내 버린다. 그러면 자존심에 스크래치를 입은 이들이 자발적으로 수강 신청을 한다는 것. 상대의 반응 유형에 맞춘 동생의 영업 방식은 그야말로 성공률 백 프로에 가까웠다.

그리고 이 과정을 누구보다 즐거워하는 사람이 있었으니 그건 바로 센터장님. 열렬한 신도들 덕분에 센터장님의 만족감과 통장 잔고가 두둑해졌다는 풍문이.

암장의 인맥은 흡사 다단계와 비슷하다. 사람이 사람을 데려온다. 사람이 좋아 클라이밍을 시작한 사람들과, 클라이밍이 좋았다가 사람까지 좋아져 버려 빠져나가지 못하게 된 이들이 엉켜 있는 이곳은 체육 시설인가 종교 시설인가.

클라이밍은 삼각형으로 시작해 삼각형으로 끝난다. 몸으로 그리는 삼각형도 있지만, 좋은 사람들과 건강한 체력, 여기에 즐거움까지 더해지면 그야말로 완벽한 삼각 구도의 피라미드다. 다단계에 빠지면 삼대가 망한다는데, 클라이밍에 빠지면 답이 없다. 위험천만한 덕통 사고랄까.

god 4집 타이틀 곡 〈길〉은 이런 가사로 시작한다.

"내가 가는 이 길이 어디로 가는지, 어디로 날 데려가는지. 그곳은 어딘지 알 수 없지만, 알 수 없지만, 알수 없지만. 오늘도 난 걸어가고 있네."

우연히 빠져든 이 삼각형의 세계가 나를, 우리를 어디로 데려갈지는 알 수 없다. 그저 지금 내가 확신할 수 있는 건 이 길 위에 서 있는 내 모습이 꽤 마음에 든다는 것뿐. 그러니 오늘도 이 길을 걷고 있다는 사실에, 계속 가고자 하는 마음이 있다는 것에 감사한다.

안 되는 건 없다,
해 보지 않은 사람만 있을 뿐

유독 클라이밍을 하러 가고 싶지 않은 날이 있다. 아무것도 하지 않겠다고 결심하는 것조차 쉽지 않은 날. 그런 날이면 굳이 벽에 매달리지 않아도 클라이밍은 이미 도전이 된다. 하지만 좋은 것은 언제나 싫은 일을 참고 견딜 때 만날 수 있는 법이라 했던가. 가볍게 몸만 풀고 올 생각으로 나섰다가 의외의 수확을 얻은 밤이었다.

무거운 발걸음으로 찾아간 암장에는 나와 센터장님을 포함해 여섯 사람밖에 없었다. 평소 이 시간대에는 퇴근 후 모인 회원들과 강습생으로 활기가 넘친다. 그런데 다들 나처럼 무기력에 빠져 단체 결석이라도 한 것인지, 밤의 암장은 한적하다 못해 조금 적막하기까지 했다. 조용한 직벽을 지나 오버행_{기울기가 90도 이상인 벽} 구간으로 가자 센터장님이 보였다. 모처럼 찾아온 여유 덕분인지 센터장님은 회원들과 함께 볼더링_{보조 장비 없이 맨몸으로 하는 클라이밍 종목으로, 요즘 실내 클라이밍장에서 가장 흔히 볼 수 있다} 문제를 풀고 있었다. 그 모습이 조금 낯설게 느껴졌는데, 그간 센터장님의 주요 활동 무대는 언제나 직벽이었기 때문이다. 강습이나 일일 체험, 신입생을 위한 트레이닝은 거의 직벽에서 이루어진다. 특히 내가 찾는 저녁 시간은 금요일을 제외하고는 매일 강습이 있으니, 센터장님이 직벽을 벗어난 것을 볼 일이 드물 수밖에.

강습이 아니어도 센터장님은 암장 운영 때문에 늘 바쁘다. 여기에 더해 센터장님이 맡은 또 하나의 중요한 역할은 바로 출제자다. 매주 월요일, 암장 온라인 커뮤니티에는 그 주의 볼더링 문제가 올라온다. 센터장님은 초급, 초중급, 중급, 고급의 난이도로 나누어 각각 10개의 문제를 출제한다. 회원들은 이 문제를 주중의 과제로 삼고 각자의 수준에 맞춰 풀어 나간다. 함께 문제를 풀면서 자연스럽게 서로의 동작을 지켜봐 주고, 때론 기꺼이 서로의 선생이 되는 것을 마다

하지 않는다. 그러나 어떤 문제 앞에서는 진짜 스승이 등판할 수밖에 없는데, 기술적인 이해가 부족한 경우가 그랬다. 그럴 때면 센터장님은 슬그머니 나타나 이런저런 솔루션을 제시하고는 홀연히 다시 강습생들이 있는 직벽으로 떠났다.

하지만 이날은 강습도 없고, 도움이 필요해 보이는 회원도 딱히 없었다. 센터장님의 얼굴이 왠지 좀 밝아 보인 건 내 기분 탓이려나.

초급 강습에 등록한 첫날, 센터장님의 첫인상은 '어딘가 모르게 어려운 사람'이었다. 무뚝뚝하고 뻣뻣한 말투, 경상도 남자 특유의 화를 내는 듯한 억양에 나는 도통 적응되지 않았다.

최근 몇 년간 내게 사회생활이라곤 독서 모임이 전부였다. 원래 사교성이 없는 편이기도 하지만, 책방을 연 뒤로는 더더욱 밖에서 사람을 만날 에너지가 없었다(내향형인 내게는 그런 삶이 나쁘지 않게 느껴졌다). 그러다 보니 책방에 오는 이들이 손님이자 친구였고, 어떤 때에는 직장 동료처럼 느껴지기도 했다. 고맙고 소중한 사람들이라 더욱 신경을 쓰고 자주 말을 골랐다. 말이란 그런 노력에도 불구하고 오해를 만들 수 있다는 걸 알았기 때문이다. 때론 진심도 거짓말처럼, 거짓말도 진심처럼 둥글둥글하게 포장하는 것에 익숙해졌다. 그런 내게 센터장님의 수업 방식과 언어는 날것 그 자체, 거친 사포, 아니 거친 홀드와 같았다.

손에 어느 정도 굳은살이 생겼을 무렵, 동생에게 센터장님이 어떤 사람이냐고 물은 적이 있다. 수업 시간에 다정하게 설명해 주지 않아 아쉽다는 볼멘소리도 조금 보탰다. 그러자 동생은 나를 한심하다는 듯 바라보며 말했다.

"누나야, 그분이 동네 아저씨처럼 보여도, 대한민국에서 요세미티 텐저린 트립 최초로 등반한 사람 중에 한 명이다. 모르는 소리 하고 있노. 센터장님만큼 클라이밍에 진심인 사람이 없다. 그런 선생님 밑에서 배우는 건 축복이다, 축복."

동생의 말투에는 마음 깊은 곳에서 우러나오는 존경과 애정이 담겨 있었다. 센터장님은 그저 어깨가 넓고 팔이 긴 아저씨가 아니었던 걸까. 동생이 덧붙이길, 센터장님은 자연 암벽에서 진가를 알 수 있는 사람이라고 했다. 더 정확하게는 '날아다닌다'는 표현을 썼다. 그 말을 듣고 난 후로 센터장님을 다시 보니, 매일 보던 어깨도 예사롭지 않은 것 같고, 유난히 긴 팔도

다 이유가 있구나 싶은 게 아닌가.

그날 밤, 오버행에서 본격적으로 문제를 푸는 센터
장님의 모습을 처음으로 제대로 보게 되었다. 그리고
꽤나 감동받고야 말았다.

센터장님과 나를 포함한 여섯 명은 각자의 수준에
맞춰 주어진 문제를 풀었다. 저마다 난이도는 다양했
지만, 고전苦戰한다는 의미에서 우리가 맞닥뜨린 문제
는 다르면서도 같았다. 센터장님은 자신이 출제해 놓
고도 피니쉬를 잡지 못한 문제 앞에서 계속, 정말이지
계-속 같은 무브를 반복했다. 똑같은 움직임을 열 번
이고 스무 번이고 되풀이하는 그 묵묵한 시도를 바라
보며, 때로는 단 한 발 앞으로 내딛기도 그토록 어려
울 때가 있다는 걸 알았다.

사실 동생이 말해 준 센터장님의 개인적 기록이나
업적은 내게 크게 중요하지 않았다. 그때는 그게 얼마
나 대단한 건지 이해할 수도 없었다. 하지만 센터장님
이 보여 준 기술이 아닌 태도로서의 클라이밍, 그 우
직함은 예상치 못한 감흥을 주었다. 놀라움은 여기서
그치지 않았는데, 그렇게 무수히 반복되는 도전에도
불구하고 센터장님은 '안될 것 같다'는 말을 단 한번

도 하지 않았다. '왜' 아직 안 될까를 고민할 뿐, 미리 짐작하여 성패를 논하지 않았다. 내 한계를 스스로 규정하지 않는 모습, 그거야말로 내 눈으로 직접 확인한 센터장님의 강점이자 나의 존경심 생성 포인트였다.

"센터장님, 진짜 계-속 똑같은 걸 하시네요."

짐짓 마음에 감동이 일었던 나는 감탄과 존경을 섞어 말했다. 그러자 센터장님은 뭘 그런 당연한 얘기를 하냐는 얼굴로 나를 바라봤다.

"그럼, 백 번이고 이백 번이고 그냥 하는 거지. 안 되는 게 어디 있어. 그만큼 안 해 본 거지."

얼마 전까지만 해도 꼰대 같다고 생각했을 텐데, 어느덧 신실한 신도가 된 나는 대단한 격언이라도 들은 사람처럼 고개를 주억거리고 있었다. 센터장님은 그대로인데, 내 반응은 손바닥 뒤집듯 바뀐 것이다. 역시 모든 건 내 마음의 문제였으려나. 머리가 띵해졌다.

"여기 있는 사람들 다 똑같아요. 각자 나름의 문제가 있지. 안 풀리는 자기 문제를 붙잡고 계속하는 겁니다."

정말로 안 되는 건 없는 걸까. 모든 상황에 이 말이 정답이라고 할 수는 없겠지만, 적어도 그렇게 믿는 사람에게만 열리는 또 다른 길이 있을지도 모른다. 다음으로 가는 문을 여는 사람. 그날 센터장님의 클라이밍에서 나는 포기하지 않는 이들에게 열리는 가능성을 발견했다.

막판에 센터장님은 고투하던 문제를 풀고 한 발 앞으로 나아갔다. 결과적으로 보면 나도 센터장님도 피니쉬 홀드를 잡은 것은 아니었지만 우리는 그저 한 발 더 나아갔다는 것, 그에 더해 내일 풀 수 있는 문제가 남아 있다는 것에 기뻐했다.

아마도 그날 밤에는 미처 끝내지 못한 문제를 그리며 잠을 청했을 것이다. 그러면 어김없이 내일이 다가올 테고, 문제는 여전히 나를 기다리고 있겠지. 남은 숙제가 있다는 사실이 괴로움이 아닌 기대가 될 수도 있음을 새롭게 배운다. 센터장님 말처럼 할 수 있다는 믿음만 있다면, 결국 다시 도전할 용기가 생길 것이다. 그렇게 실패한 자리에서 언제고 다시 일어나 '한번 더'를 외치는 것이 클라이밍이고, 클라이머가 지녀야 할 마음이니까.

언젠가 전설의 등반가 아담 온두라의 영상을 본 적이 있다. 그가 하나의 무브를 위해 몇 날 며칠 같은 동작을 반복하는 모습을 보며, 클라이밍이 누군가에겐 인생을 건 도전이자 삶의 자세와 같은 것임을 어렴

풋이 알았다. 비록 나는 취미로 얼렁뚱땅 클라이밍을 하고 있지만, 누가 시키지도 않은 고통을 자처하는 마음과 그것을 통해 얻게 되는 성취는 프로와 아마추어를 가리지 않고 닮아 있기 때문이다.

클라이밍을 하면서 육체적 고통이 따르는 것은 당연하다. 당연하다고 해서 고통스럽지 않다는 뜻은 아니다. 다만 내 고통을 내가 선택할 수 있다는 사실이 나를 나아가게 한다. 그리고 그렇게 선택한 고통 뒤에는 어떤 성취가 뒤따를 것이라는 믿음이 있다. 내가 선택한 실패는 반드시 나를 더 나은 곳으로 데려다준다고 믿는다. 그 믿음에 기대어 오늘도 또다시 한 발 앞으로.

자신에게 다정한 사람

두 달간의 기초 강습이 끝났다. 이제 안전하게 클라이밍을 즐기기만 하면 된다. 처음 등록할 때만 해도 강습이 끝나면 나도 다른 회원들처럼 신나게 클라이밍을 할 줄 알았다. 그러나 기대와 달리 현실에서는 걸핏하면 오른발 왼발도 제대로 구분하지 못했다. 설상가상으로 함께 강습을 듣던 인원 중 절반이 중도 하차를 선언했다. 그들 덕분에 클라이밍은 혼자서도 할 수 있는 운동이지만 함께일 때 더 즐겁다는 걸 알아가던 참이었는데. 잠시 경쟁 상대로 여기긴 했으나 결국은 동료였던 친구들이 떠나자 마음 한편이 헛헛해지는 걸 어쩔 수 없었다.

학교라는 울타리를 벗어나면 내 의지와는 상관없이 각자도생 사회에 던져진다. 클라이밍도 마찬가지. 강습생 시절엔 수강료를 내고 정해진 시간에 정해진 과제를 풀었다면, 강습이 끝난 후에는 스스로 목표와 계획을 세워 자신만의 길을 찾아야 한다.

하지만 왼손 오른손도 헷갈리는 초보에게 그런 계획이란 게 있을 리가 있나. 아무 생각도 없이 암장에 도착하자, 처음 이곳에 발을 디뎠던 날이 오버랩 되었다. 나는 누군가 여긴 어딘가. '거기 아무도 없나요? 저에게 과제를 주십시오. 제발!'

잠시 주입식 교육의 폐해에 대해 생각하다가 고개를 가로저었다. 의미 없는 생각일 뿐이었다. 그런 내게 센터장님이 다가와 '일단 매달리기' 트레이닝을 제안했다. '일단 매달리기'는 손과 발의 자리를 신경 쓰지 않고 10분 정도 무작정 벽에 매달리는 것이다. 트레이닝이라고 부르니 거창하게 느껴질 뿐, 사실 별거 없다. 그냥 벽에서 버티는 거다. 기본 근력조차 없는 나한테나 도전이고 훈련이지, 인내심만 있다면 누구나 해낼 수 있다.

어쨌든 성실한 학생인 나는 시키는 대로 10분을 잘 버텼다. 그리고 다시 찾아온 막막한 시간. 불현듯 오래된 가르침 하나가 떠올랐다. '잘하는 사람을 보는 것도 공부'라는 말. 일단 암장의 모든 사람을 스승처럼 여기고 그들을 관찰하는 것부터 시작해 보자(그랬다. 관찰은 핑계고, 10분을 매달려 있었으니 그냥 좀 쉬고 싶었다).

매달리기를 하던 직벽 구간을 넘어 슬그머니 오버행 구간으로 갔다. 직벽에 있으면 센터장님과 눈을 마주치기 쉽고, 눈을 마주치면 또 매달려야 할지도 모르니까. 조심스레 오버행 구석 자리로 가서 좀 쉴 요량이었다.

그렇게 학습을 핑계 삼아 실력자 회원들의 움직임을 관찰하던 바로 그때, 질끈 묶은 긴 머리에 하늘하늘한 몸매의 여성 회원이 하얗게 초크를 묻힌 손을 흔들며 내 앞을 지나갔다. 그는 가는 팔목으로 무심하게 스타트 홀드를 잡았다. 그 홀드는 오버행 구간에서도 경사도가 가파른 곳에 위치해 있었다. 무게 중심을 아래에 두어야 해서 잡고 일어서는 것조차 쉽지 않아 보이는 홀드였는데, 긴 머리의 여인은 그 위로 살포시 손을 포개고선 스르륵 일어났다. 그리고 가볍게 발을 떼자 스타트 홀드에서 다음 홀드까지의 움직임이 부드럽게 연결되었다. 홀드를 잡은 손 모양이, 작은 홀드를 밟고 이동하는 발동작이 말하고 있었다. 이건 자신에게 아주 익숙하고 자연스러운 일이라고. 홀드를 잡고 있던 왼팔의 전완근이 존재감을 뽐냈다.

'뭐지? 저 무브 어디서 본 것 같은데.'

방금 눈앞에서 일어난 움직임에 묘한 기시감을 느꼈다. 부드러움과 우아함. 그렇다. 진한에게서 보던 움직임이었다. 그저 날씬하거나 마른 몸이 아닌, 저렇게 세밀하게 쪼개지는 근육을 가진 여성 클라이머이라니. 진한을 볼 때와는 다른 종류의 동경이 일었다.

가뿐하게 중급 문제를 풀어 버린 회원의 이름은 양고은. 암장에서는 성과 이름의 첫 글자를 따 '양고'라는 별명으로 불렸다. 처음엔 '왕고'를 잘못 발음한 줄 알았다. 아주 근거 없는 얘기도 아닌 것이, 고은 언니는 우리 암장에서 가장 오래된 회원 중 한 명이었다.

클래스가 다른 클라이밍을 보며 내적 박수 세례를 날리고 있던 그때, 벽에서 내려온 언니가 묵직하고 나지막한 목소리로 내게 인사를 건넸다.

"네? 저요?"

뭐지, 우리 아는 사이인 건가. 고개를 숙이는 둥 마는 둥 어색하게 인사를 하는 동안에도 나는 언니에게

서 눈을 떼지 못했다. 내 당황함을 눈치챈 것인지 언니는 곧장 우리가 구면이라고 했다. 언니의 차분한 목소리는 주위의 요란한 응원 소리에 쉽게 묻혔다. 나는 몇 번이고 네? 네? 되물으며 대화를 이어 갔다. 고은 언니는 내 남동생과 꽤 친한 사이인 듯했다. 우리가 운영하는 책방에도 몇 번을 다녀갔다며, 오며 가며 마주쳐서 내 얼굴을 알아봤다고 했다. 그 말을 듣고 보니 마스크 아래의 얼굴이 어렴풋하게 기억 나는 것도 같았다.

대화를 나눴다고 하기도 무색하게 짧은 시간이었지만, 말을 트자마자 나는 언니가 좋아졌다. 선명하게 갈라지는 전완근도, 낮고 차분한 목소리도, 잠깐이었지만 다정함이 묻어 나던 대화도. 모두 언니가 좋은 사람이라고 말하는 것 같았다.

좋고 싫은 사람을 쉽게 구분하고, 살짝이라도 마음에 드는 사람을 만나면 금세 마음을 주는 건 내 특기다. 사람 보는 눈이 없어서 어쩌냐는 소리를 듣지만, 좋은 걸 어떡하나. 첫인상으로 사람을 판단하지 말라는 말에 고개를 끄덕이면서도, 그 다짐은 번번이 실패하곤 한다.

언니가 내게 무엇을 하고 있었느냐고 묻기에, 센터장님이 제안한 '매달리기'를 하고 나서 지금은 잠시 쉬면서 구경하고 있다고 했다. 참 없어 보이는 대답이었지만 숨기고 싶지 않았다. 정말이지 직접 하는 것보다 구경하는 게 더 재미난걸. 그러자 언니는 자기는 암장에 오면 강습 때 배운 기본기 왕복을 한다고 했다. 그리고 그날의 지구력 목표 할당량을 채운 뒤 볼더링 문제를 푼다고. 내게 무서워하지 말고 얼른 오버행 구간으로 넘어올 것을 권했다. 그래야 기존 회원들과도 친해질 수 있고, 자연스럽게 클라이밍과 정붙일 수 있을 거라고 했다.

언니는 내가 무엇을 어려워하는지, 어떤 것이 필요한지 이미 알고 있는 사람 같았다. 언니의 조곤조곤한 말투 덕분인지, 평소 같으면 도전으로 받아들였을 일들이 별것 아닌 것처럼 느껴졌다. 나 역시 언니처럼 담담하게 그 과정을 해낼 수 있을 것만 같았다.

'다정한 사람이구나.'

다정이라면 정신을 못 차리는 내게 언니가 보여준 다정함이란 생각보다 크고도 깊은 것이었다. 그날 이후로 나는 언니를 쭉 지켜봤다. 다행히 이번엔 내가 사람을 제대로 본 것인지, 언니는 시간이 지나도 첫날의 모습과 크게 다르지 않았다. 오히려 나날이 발견하게 되는 좋은 점들이 더 많았는데, 그중 하나는 언니가 스스로를 잘 돌보는 사람, 누구보다 자기 자신에게 다정한 사람이라는 것이었다.

"모욕감은 남한테서만 받는 게 아니"며, "내가 나를 모욕하는 순간도 있다"는 문장◆처럼 나는 종종 모욕하거나 비난하는 눈으로 나 자신을 바라봤다. 타인에게 관대하기는 쉬워도 자신에게 좋은 사람이 되기란 얼마나 어려운 일인지. 내가 남과 비교하며 스스로의 성과를 확인하려 할 때, 그래서 클라이밍에 대한 의욕이 꺾일 때마다 언니는 자신만의 속도에 대해 이야기했다. 사람마다 가지고 있는 몸의 장단점이 다르고 능력도 다르다고. 자신의 경험을 구체적으로 들어가며 내가 납득할 수 있을 때까지 대안을 제시하고 격려하기를 멈추지 않았다. 나도 못 기다리는 나를, 언니는 그렇게 오래도록 기다려 주었다.

단순히 말뿐만이 아니었다. 언니는 자신이 내게 했던 말이 모두 진실임을 몸으로 증명했다. 하루치의 운동 목표를 정하면 누군가와 약속이라도 한 것처럼 그

◆ 최진영, 《내가 되는 꿈》, 현대문학, 2021.

것을 지켰다. 풀리지 않는 문제를 만나도 여간해선 동동거리거나 화내는 법이 없었다. 그날의 몸 상태가 어떤지, 평소에 어떤 홀드를 좋아하고 어떤 움직임에 약한지, 자기 자신에 대해 누구보다 잘 알았다. 문제를 풀다 보면 어떤 것은 단번에 풀리기도 하지만 어떤 것은 몇 주가 지나도록 풀리지 않는다. 모두가 그 문제를 잊고 다음으로 넘어가도, 언니는 자신이 정한 문제를 잊지 않았다.

암장에서는 자연스럽게 비슷한 수준의 사람들이 함께 동일한 문제를 풀게 된다. 같은 문제라도 각자의 신체 조건과 익숙한 움직임에 따라 푸는 방법이 달라진다. 클라이밍이 개인적인 운동인 동시에 함께하는 운동인 이유다. 그러다 보면 먼저 성공하는 이, 혹은 더 멋진 무브로 성공하는 이에겐 박수갈채가 쏟아진다. 하지만 고은 언니처럼 자신만의 문제를 풀 때는 관심도 박수도 받기 어렵다. 그러니 언니는 다독거림도 칭찬도 모두 셀프로 하는 셈이다.

곁눈질하지 않고 오로지 자신을 갈고닦는 일, 그 어려운 걸 해내는 사람이 고은 언니다. 언니의 고운 마음에 빚지며 삼 년이 넘는 시간을 보냈다. 여전히 나만의 속도를 찾기란 쉽지 않지만, 언니를 보며 생각

한다. 나도 언젠가 남들의 박수에 기대지 않고 스스로 ·
를 다정하게 대해 줄 날이 오지 않을까 하고.

　자신의 능력치와 한계를 알기에 실망하기보다 오
히려 느긋해지기도 한다. 있는 그대로의 나로 살아가
기 위해선 무엇보다 지구력이 요구된다. 실패해도 채
근하지 않고, 자신이 한 선택을 끝까지 존중하는 태도
야말로 기다림이 필요한 일이다. '지구력의 여왕'. 우
리는 왕고 고은 언니를 그렇게 부른다.

어른들의 놀이터

한낮의 더위는 힘들어도 여름밤은 어딘가 설레는 구석이 있다. 내게는 딱 이맘때가 되면 회상하는 한 가지 추억이 있다. 아직 열대야가 오지 않은 여름, 동네 슈퍼 앞 평상에 앉아 아빠는 맥주와 칼몬드를, 나는 이름이 기억나지 않는 연유 맛 막대 아이스크림을 먹던 기억. 지금으로 따지면 편의점 앞 벤치 역할을 했을 평상에 동네 사람들이 하나둘 모이고, 마치 약속이나 한 듯 느긋한 술판이 벌어지곤 했다. 맥주 냄새와 달콤한 주전부리 냄새가 뒤섞인 잔잔한 바람이 코끝을 스칠 때 나는 그것으로 여름이 온 것을 알았다. 그래서일까. 초여름 밤이 깊어질 즈음이면 자연스럽게 그날의 기억이 자주 떠오른다.

유년의 여름밤을 닮은 날씨가 이어지던 어느 날, 나는 그 시절의 추억을 떠올리며 편의점으로 갔다. 당시 아빠의 최애 안주였던 칼몬드는 연식이 있는 제품이라 그런지 찾을 수 없었고, 아쉬운 대로 견과류 안주 한 봉지와 캔 맥주 하나를 사서 가게 바깥에 놓인 벤치에 기대어 앉았다. 시도는 나름 신선했으나, 역시 어설픈 흉내로는 추억의 언저리에도 닿지 못했다. 이런 느낌이 아니었는데…. 기대만큼 흥이 나지 않아서 금세 김이 빠진 맥주만 버리고 말았다.

가끔은 어릴 때 기억이 이토록 선명하다는 사실이 신기하게 느껴진다. 좋았던 기억은 애쓰지 않아도 알아서 자기 자리를 잡는다. 어쩌면 우리는 그런 감각을 본능적으로 갖고 태어나는 걸까.

애틋한 마음 한 구석에는 약간의 의심도 있었다. 좋은 기억 중 일부는 왜곡되거나 조작되었을지도 모른다고. 누군가 했던 말처럼 과거의 어떤 기억은 특정한 감정을 남기기 위해 스스로 완벽해지기도 하니까. 그래도 가능하다면 다시 한번 그때의 기분을 느끼고 싶었다. 아무런 걱정 없이 평상 주변을 맴돌며, 거나하게 취한 아빠의 얼굴을 바라보던, 특별한 것 없이도 너무나 완벽했던 여름밤을.

요 근래 계속 날씨가 좋아서, 가까운 거리를 이동할 때면 자전거를 타곤 했다. 걷기보단 빠르고 자동차보단 느린, 자전거만의 속도 필터로 세상을 바라보는 시간이 썩 마음에 들었다. 털어 버려야 하는 생각들은 날아가고, 남기고 싶은 생각들이 정리될 무렵이면 암장에 도착한다. 페달을 밟으며 풀냄새, 초여름 저녁 냄새를 맡고 있노라면 마치 이 계절이 지나가지 않고 계속될 것만 같았다.

암장에 들어설 때의 기분이 좋아서였을까. 이날은 유난히 웃음이 많았다. 즐겁게 운동을 마치자 마음 한편이 더욱 달떴다. 그래, 이 맛에 클라이밍 하는 거지. 오랜만에 문 닫을 시간까지 꽉 채워 운동을 하고선 그마저도 아쉬운 걸음으로 암장 문을 나섰다. 바깥으로 이어지는 계단을 오르자 기분 좋은 바람이 불어왔다. 날씨가 아까우니 자전거를 타고 좀 돌아서 갈까 하던 그때, 암장 친구들이 음료수를 마시고 가자며 나를 붙잡았다. '나야 신나지!' 속으로 쾌재를 부르며 냉큼 따라나섰다.

늦은 시간이라 문을 연 가게는 많지 않았다. 갈 만

한 곳은 암장 앞 공원에 있는 작은 테이크아웃 커피숍
이 유일해 보였다. 우리는 가위바위보를 해서 지는 사
람이 음료수 값을 내기로 했다. 모인 사람은 나를 포함
해 네 명. 마지막까지 암장에 남았던 얼굴을 떠올리며
주위를 둘러보자 아직 차에 타지 않은 진한이 보였다.

"진한아. 이리 와 봐. 할 말 있다."

나는 마치 중요한 얘기라도 할 것처럼 진한을 불
렀다. 그러고는 태연하게 음료수 내기를 같이하자고
했다. 조금 황당해하는 얼굴이긴 했지만 진한은 곧 망
설이는 기색 없이 그러자고 했다.

밤 10시의 공원에서 이상하리만치 신나고 진지한
음료수 내기 한판 승부가 벌어졌다. 처음 내기를 시작
할 때만 해도 결과와 상관없이 기쁜 마음으로 내가 음
료수를 사야겠다고 생각했다. 하지만 생각보다 빠르
게 패자가 나오지 않자 다들 승부욕이 불붙기 시작했
다. 분명 웃자고 시작한 게임인데, 가위바위보를 외치
는 목소리는 점점 커졌고 속도도 점점 빨라졌다.

"가위, 바위, 보!"

"가위, 바위, 보!!"

"야야야, 너 빨리 내."

"방금 뭔데? 비긴 거야?"

"아, 아니야. 안 돼. 다시 다시."

의도치 않게 과열되어 가는 가위바위보. 이게 뭐라고 이렇게 진지할 일인가. 마지막에 마지막까지 접전을 펼친 결과, 약속이나 한 것처럼 뒤늦게 합류한 진한이 음료수를 사게 됐다.

"뭐고, 이거. 너희 다 짜고 쳤제? 판 다 짜 놓고 내 부른 거 아이가!"

진한은 짜고 치는 고스톱이 분명하다며, 그냥 집에 가게 두지 왜 불렀냐며 고래고래 소리를 쳤다. 우리는 그게 말이 되는 소리냐며 승부의 정당함을 주장했다. 그래도 막상 계산대 앞에 서자 진한은 호방하게 음료수를 샀다. "어차피 살 거, 그냥 처음부터 폼 나게 내가 산다고 할걸" 하며 잠깐 마른세수를 하긴 했지만.

그래, 우리 모두 가위바위보에 너무 진심이었던 거지. 게임에서 이긴 결과로 얻어 먹는 커피란 맛이 없어도 있는 거다. 우리가 마지막 손님이었던 카페에는 늦은 시간임에도 사람이 제법 북적였다. 기분 좋은 부산스러움이었다. 저렴한 가격이라 기대하지 않았던 커피 또한 예상 외로 맛이 훌륭했다.

'나무랄 데 없이 참 좋은 밤이네.'

승부가 끝났으니 이제 집으로 돌아가야겠지 하고

생각하던 그때, 친구들이 커피를 마시는 동안 눈에 띈 타코야키 트럭을 가리키며 가위바위보 2차전을 종용했다. 사실 타코야키는 핑계고 다들 그냥 집에 가기 싫은 눈치다. 역시 친구들, 나랑 같은 마음이고만.

확실히 그냥 헤어지기엔 아쉬운 날씨였다. 뭐라도 좋으니 이 밤을 길게 즐기고 싶은 마음에 우리는 또다시 삼삼오오 모였다. 그렇게 참여한 가위바위보 2차전의 패배자는 다름 아닌 나. 패자가 되자마자 생각했다. '진한이 말이 맞았구나. 그냥 쿨하게 내가 살게 했으면 좋았을걸. 너무 열심히 한 것 같은데. 모양 빠져 보이는데.'

먼저 나온 타코야키를 친구들에게 넘겨준 뒤 계산을 하려고 한 걸음 물러나자, 장정 네 사람이 옹기종기 모여 선 모습이 시야에 들어왔다. 다 큰 어른들이 "넌 몇 개 먹었어?"라며 서로 묻고 있는 모습이라니. 평균 연령 서른 살이 훌쩍 넘지만 우리는 여전히 얼마간 아이였다.

그리고 그 순간, 이상하게 아빠 얼굴이 떠올랐다. 맥주 대신 타코야키를 손에 든 내 모습이 그날의 아빠와 겹쳐 보인 건 순전히 기분 탓이려나. 맥주도 없고 칼몬드도 없고 연유 맛 아이스크림도 없는데, 왜 그 시절 그 바람이 다시 부는 듯했을까.

의자 하나 없는 푸드 트럭 앞, 우리는 아무렇게나 서서 타코야키를 먹었다. 나는 가쓰오부시가 춤추는 타코야끼를 하나 집어 들고 말했다.

"오늘 하루치 웃음 다 웃었다. 내일 것까지 다 당겨 써도 모자랄 만큼 많이 웃었네."

농담처럼 말했지만 진심이었다. 그 시절 아빠의 나이가 된 내가 유년으로 돌아갈 수 있는 방법은 하나다. 어른들의 놀이터인 클라이밍장에 가는 것. 매 순간은 아니어도 때로는 모든 것을 잊고 계절과 사람에 흔들리며 사는 것. 그리고 생각했다. 나이가 들어도 언제까지고 열성적으로 가위바위보를 하는 어른이고 싶다고. '귀찮게 뭘 그런 걸 해. 내가 낼게' 하는 시시하고 재미없는 어른은 되고 싶지 않다. 일상의 사소하지만 위대한 즐거움을 잊고 사는 것만큼 슬픈 일은 없을 것이다.

또 언젠가 오늘을 떠올리며 '그때 그 타코야키, 그때 그 커피 맛있었지' 그리워하게 될 날이 올 것을 안다. 이미 이 순간을 내 기억 속 가장 좋은 자리에 넣어 두겠다고 마음먹었으니까. 앞으로 매해 여름 꺼내어 보기 좋은 자리에 이 장면을 새겨 넣자고 되뇌어 본다. 행복은 그렇게 되겠다고 결심하는 순간 얻게 되는 것이므로. 미래의 내가 그리워할 이 순간을 잊지 말아야지. 혹시 잊어버리고 살아갈지 모를 친구들을 위해 가능하다면 그들 몫까지 잘 기억해 두고 싶다.

자신의 능력치와 한계를 알기에
실망하기보다 오히려 느긋해지기도 한다.
있는 그대로의 나로 살아가기 위해선
무엇보다 지구력이 요구된다.
실패해도 채근하지 않고, 자신이 한 선택을
끝까지 존중하는 태도야말로
기다림이 필요한 일이다.

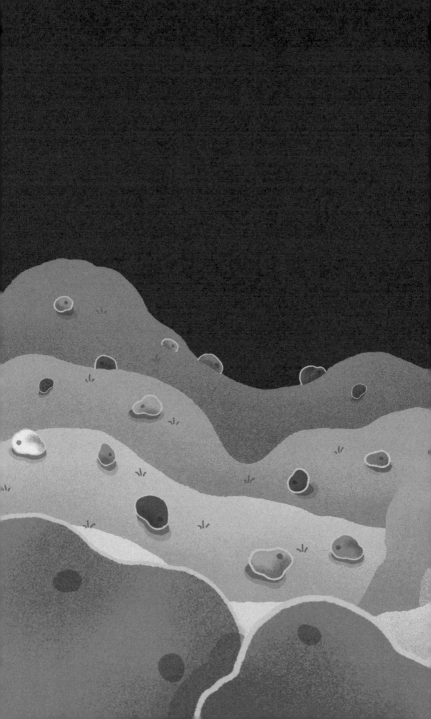

중급

내 인생의 발 자리 찾기

프린세스 메이커

어릴 땐 컴퓨터게임을 하느라 자주 낮과 밤을 잊었다. 그러고 보면 게임은 '못하지만 좋아하는 일' 목록 가운데 클라이밍보다 오래된 항목인 셈이다. 하루 일과 중 게임이 가장 우선시되던 날들. 지금은 휴대폰에 게임 어플 하나 없는 내게도 그런 시절이 있었다.

초등학생이던 나와 남동생은 늘 함께 게임을 했다. 집에 컴퓨터는 한 대뿐이고 쓰고자 하는 이는 둘이었으니 둘 중 하나는 자기 차례를 기다려야 했다. 직접 플레이 하지 못하고 누군가 즐거워하는 걸 바라만 보는 마음이란. 두 어린이의 조바심은 이해가 가고도 남지만, 이상하게도 짜증이 난다거나 싫었던 기억은 없다. 그때는 기다림조차 즐길 만큼 게임이 재밌었던 모양이다.

좋아했던 게임엔 몇 가지가 있지만 무엇보다 〈프린세스 메이커 2〉를 빼놓고 얘기할 수 없다. 이름에서 알 수 있듯 이 게임은 주어진 캐릭터를 공주로 자라게 돕는 내용이다. 열 살짜리 여자아이를 입양하는 것으로 시작하여, 캐릭터에 직접 이름을 지어 주고 공부도 시키고 캐릭터와 대화도 나눈다. 캐릭터가 자랄수록 들을 수 있는 수업이나 할 수 있는 아르바이트의 종류도 늘어나는데, 그중 어떤 선택을 하느냐에 따라 매력 지수, 업보 지수가 달라진다.

내가 캐릭터에게 배우게 하는 것과 시키는 일은 반드시 엔딩에 영향을 미쳤다. 게임을 하는 거의 매 순간 선택지들이 펼쳐지고, 그때마다 내가 한 선택들은 캐릭터의 앞날을 결정하는 요소로 작용했다. 그렇게 선택과 결정을 반복하는 경험은 초등학생인 나에게 미래가 어떻게 만들어지는지를 어렴풋하게나마 이해할 수 있게 해 주었다.

게임 속 캐릭터와 내가 비슷한 나이였기에, 나는 캐릭터를 '키운다'기보다는 캐릭터에 나 자신을 이입하곤 했다. 가상 세계 속 존재에게 댄스 수업을 듣게 하거나 여행을 떠나게 할 때마다, 현실 세계의 나 역시 즐겁고 행복하길, 캐릭터만큼 잘 살길 바라는 마음이 자라 났다.

과정의 선택지가 다양한 만큼 결말 또한 다채로웠다. 주변에는 자기가 원하는 엔딩을 어렵지 않게 만들어 내는 친구들이 있었다. 내 경우엔 캐릭터가 꼭 게임의 목표에 맞추어 '공주'가 되길 원한 건 아니었다. 다만 내가 키운 캐릭터들의 엔딩이 늘 비슷한 범주를 벗어나지 못하는 것이 못마땅했다. 그들은 대체로 가난한 가정교사나 학자가 되어 (당시의 내가 생각했을 땐) 시시한 모양으로 살았다. 개성 있게 키워 보려고 가끔 색다른 선택도 시도해 보았으나 결과는 크게 달라지지 않았다. 그렇게 하루에 한 명씩 선생님이나 학자를 키워 내는 나날이었다.

어른이 되고 난 후에는 이 게임을 완전히 잊고 살았다. 게임 속 캐릭터가 성장할수록 할 수 있는 일의 선택지가 다양해지듯, 현실의 나에게도 결정해야 할 중요한 선택지들이 늘어났기 때문이다. 대학을 가고 학과를 고르는 일부터, 어떤 아르바이트를 하고 어떤 친구를 만나고 누구와 사랑에 빠질 것인지까지, 크고 작은 선택의 순간들이 무수히 다가왔다. 그런데 한편으로는 내 인생의 결말을 예측할 수 있을 것만 같았다. 〈프린세스 메이커〉를 하는 동안 체득한 대로 나의 미래는 현재 내가 하고 있는 선택들의 합이라는 점에서, 역시나 예상 가능한 범주를 결코 벗어나지 않으리란 걸.

자라면서 나는 모험이 없는 삶을 동경했다. 좋아하는 일을 반복적으로, 더 나아가 관성적으로 하는 것이 안전이자 기쁨이라고 여길 정도였다. 어디선가 '다양한 선택지를 경험해 본 사람이 좋다고 느끼는 것과 아무것도 모르는 사람이 좋다고 선택한 것 사이에는 큰 간극이 있다'는 말을 들은 적이 있다. 다양한 선택을 하지 않은 나에겐 점점 좁은 세상, 더욱 예측 가능한 인생만이 남게 되겠지. 그렇다고 이제 와서 전혀 다른 인생을 살겠다며 무리하게 애쓰고 싶진 않았다.

그러나 내게도 새로운 기회가 주어진다면, 〈프린세스 메이커〉의 학자나 가정교사를 벗어나 기사나 댄서 같은 삶도 살 수 있진 않을까. 완전히 예상을 벗어난 삶까진 아니어도, 의외의 기쁨을 발견할 수 있는 선택지들이 아직 남아 있진 않을까.

언젠가 암벽 앞에 선 자신이 낯설게 느껴지던 순간이 있었다. '나 여기서 뭐하고 있지' 하는 느낌. 클라이밍은 평소 나의 선택지 중 가장 바깥에 있는, 그러니까 다르게 살아 보고 싶다는 약간의 충동이 없었다면 결코 닿지 않았을 영역이란 걸 알았다. 확실히 클라이밍은 내가 예상했던 범주에 속하는 일은 아니다. 그런데도 고소공포증에 근력이라고는 전혀 없는 내가 기꺼이 이 시간을 견디는 이유는 무엇일까.

우리는 반드시 어떤 시간을 건너 이곳에 와 있다. 좋았던 선택과 나빴던 선택의 총합이 데려다준 이곳에. 삶은 게임처럼 특정한 결말에 닿으면 그것으로 '끝'이 아니기에, 우리에겐 다행스럽게도 매일 새로운 엔딩을 쓸 기회가 남아 있다. 대학을 가고, 결혼을 하고, 출산을 하는 것처럼 때론 도착지라고 믿었던 곳으로부터 다른 종류의 삶이 새롭게 시작되기도 한다.

〈프린세스 메이커〉에서는 체력이나 스트레스 수치를 나타내는 게이지 판이 있어 캐릭터의 컨디션을 살핀 후 다음 일정을 정할 수 있다. 그렇다면 현실 세계에서는 무엇으로 자신의 상태를 가늠하고 다음 인생 경로를 선택할 수 있을까. 자신을 객관적으로 바라보는 눈을 갖기 위해선 무엇이 필요한 걸까.

한마디로 정의 내릴 수는 없겠지만, 클라이밍에 대해 쓰기 시작하면서 내가 어떻게 바뀌었는지 생각해 보았다. 클라이밍이라는 선택이 나의 엔딩에 어떤 영향을 미칠 것인가 하고. 이 운동이 나란 사람을 지대하게 바꾸었냐고 묻는다면 그렇진 않다. 오히려 새로운 선택과 시도에도 불구하고 내게는 여전히 넘어서지 못한 문제, 쉽게 바뀌지 않는 기질이 있음을 깨닫는다. 아직도 남 앞에서 실수하는 모습을 보일 때면 의기소침해지고 숨고 싶은 마음이 든다. 실제로 도망칠 때도 있다.

그럼에도 이 선택이 나를 한 뼘이라도 나은 방향으로 나아가게 했다는 건 확실히 알 수 있다. 자신을 한 순간이라도 덜 미워하고, 실패하더라도 다시 일어나서 홀드 앞에 설 수 있게 만들었다는 걸.

한번 선택한 일은 돌이킬 수 없다. 지금은 미약하게만 보이는 변화가 언젠가 내 삶의 방향을 어떻게 얼마나 바꾸게 될지, 지금 내가 서 있는 곳에선 잘 보이지 않는다. 하지만 이번 게임에서만큼은 그 엔딩을 기꺼이 받아들일 준비가 되어 있다.

괜찮아,
내가 여기 줄 잡고 있어

꽃피는 계절에 암장에 다니기 시작했는데, 어느덧 여름을 지나 가을로 접어들었다. 빠른 속도로 상승하던 내 열정도 내려가는 기온을 따라 조금 가라앉았다. 암장 전체의 분위기도 조금 주춤한 눈치였다.

어떤 일을 하면서 매번 성공을 맛보는 사람은 없다. "내 삶의 많은 부분은 기다리는 일에 쓰였고, 대부분의 기다림에는 결실이 없다"라는 책 속 문장◆처럼, 무수한 노력에도 불구하고 원하는 결과에 닿지 못하는 일은 얼마나 흔한지. 좀처럼 마음대로 되지 않는

◆ 리어노라 캐링턴, 《귀나팔》, 이지원 옮김, 워크룸프레스, 2022.

삶에서 클라이밍이야말로 비교적 쉽게 성취감을 맛볼 수 있는 운동이다. 그러나 작은 성취라 해도 그것에 닿기까지는 꾸준한 노력이 필요한 법.

최근 들어 다소 무기력해진 나의 푸념을 듣던 고은 언니는 조금 색다른 대안을 내놓았다. 권태에 대처하는 효과적인 방법 중 하나는 변화를 주는 것이라며, 실내 암장이 아닌 야외 인공 암벽으로 나가 보자고 했다. 솔깃한 제안이었으나, 인공 외벽이라는 생소한 장소를 떠올리자 퍼뜩 두려움이 엄습했다.

야외에 있는 인공 암벽은 국제 경기 중계에서나 봤을 뿐, 실제로 볼 기회는 없었다. 게다가 언니가 말한 김해 인공 암벽은 높이가 약 15미터라는데, 말로만 들어서는 얼마나 높은 건지 짐작도 되지 않았다. 고소 공포증이 있는 내게 15미터 암벽은 그 자체로 원초적 공포를 불러일으키도 하지만, 경험해 보지 않은 미지의 세계라는 점에서 또 다른 의미의 두려움으로 다가왔다.

내 나이 서른 중반, 두려움은 피하는 것이지 제 발로 찾아가서 경험할 대상은 아니었다. 긴 고민 없이 거절하려는데, 두려움 뒤로 외면하기 어려운 감정이 따라왔다. 그건 바로 고마움. 먼저 겪어 본 사람으로

서 건네는 위로 같은 제안은 언니를 닮아 있었다. 대충 '힘내'라든가 '괜찮아'라고 얼버무리지 않고 자신이 줄 수 있는 최선의 도움을 주려는 마음이 고맙고 귀했다. 그간 나도 모르게 성격이 좀 바뀐 건지, 아니면 두려움보다 고마움이 컸던 건지, 그만 나도 모르게 '알겠다'고 해 버렸다(어, 이 장면 어디서 본 것 같은데. 초급 강습 등록할 때도 딱 이랬던 것 같은데). 물론 참석에 의의를 둔다는 안전한 방어막을 만들어 두는 것도 잊지 않았다.

내가 가겠다고 하자 언니는 당장 등반 공지를 띄우고 멤버를 모았다. 우리가 갈 인공 외벽은 차로 50분 정도 걸리는 김해시민체육공원 안에 있다. 매년 경남 클라이밍 대회가 열리는 장소여서 암장 사람들에겐 익숙한 곳인 듯했다.

가는 날이 장날인지. 가정의 날 수요일, 그것도 퇴근 시간에 딱 맞춰 김해로 향한 우리는 길 위에서 1시간 40분을 소비했다. 게다가 갑작스러운 비 소식까지 더해져 도로 상황은 갈수록 나빠졌다. 잠시 오고 말 것이라는 예보와 다르게, 목적지에 가까워질수록 빗방울이 굵어지는 게 아닌가. 출발할 때 농담처럼 했던,

'막히는 퇴근길에 운전만 실컷 하다가 비 때문에 클라이밍은 하지도 못하고 돌아오리라'는 우려가 하나둘 맞아떨어져 가고 있었다.

클라이밍을 하겠다는 마음보다는 소풍을 떠나는 마음에 더 가까웠던 나는 '오히려 좋아'라며 내적 쾌재를 불렀다. 비도 오는데 클라이밍은 무슨, 드라이브나 하고 맛있는 저녁이나 먹고 싶었다. 그러니 내리는 비도, 막히는 길마저도 모두 하늘의 축복처럼 느껴질 수밖에.

그런데 우여곡절 끝에 김해 체육공원에 도착하자 비가 서서히 잦아들었다. 혼자서 공원을 지키고 있던 관리인은 비가 거의 그쳐 이용에는 무리가 없다고 했다. 시간은 어느덧 저녁 7시 반이 훌쩍 넘어서 마감까지는 약 한 시간 정도만 남아 있었다. 함께 온 사람들은 너나 할 것 없이 각자 자연스럽게 짐을 풀기 시작했다. 그 사이에서 나는 멀뚱히 선 채로 바쁘게 움직이는 모습들을 지켜보았다. 아는 게 없으니 도와줄 수 있는 것도 없었다.

우리 일행은 장비 정리를 끝내고 인공 외벽 앞에 큰 돗자리 하나를 폈다. 그 위에 신발을 벗고 앉아서고은 언니가 대표로 주문해 온 김밥을 먹었다. '돈가스 김밥이 맛있네, 일미 고추 김밥이 맛있네' 하며 흡사 수요 미식회 같았던 시간도 잠깐, 사람들은 잠시도 늘어져 있지 않고 금세 자리를 치운 뒤 암벽 앞에 섰다. 그만 바쁘라고, 여유를 좀 즐기자고 말하고 싶었지만, 그들의 일사분란한 움직임 앞에서 '그냥 놀자'는 말을 던질 타이밍은 보이지 않았다. 물론 클라이밍 자체가 '즐거운 것, 노는 것'인 사람들에겐 무의미한 말이기도 했겠지만.

인공 외벽은 보는 것만으로 사람을 압도했다. 저 꼭대기를 줄 하나 믿고 오른다고? 마음속으로 '절대 못 해, 아니 안 해'를 외쳤다. 저길 올라갔다간 방금 먹은 김밥을 다시 보게 될지도 몰랐다. 나는 평소보다 더 어기적거리며 구석에서 조용히 친구들을 응시했다. 저마다 장비를 점검하면서 어떻게 문제를 풀 것인지 생각하느라 바쁜 모습들이었다. 목적이 확실한 사람들에게 망설임이란 없어 보였다. 제자리를 아는 사람들 틈에서 나는 잠시 없는 사람 행세를 했다. 이대로 잘 묻어간다면 아무 일 없이 집에 돌아갈 수 있겠지.

그때 고은 언니가 내 이름을 불렀다.

"참미, 이리 와 봐."

언니는 하네스라고 하는 기저귀처럼 생긴 안전 장

비와 헬멧을 주며 벽에 붙을 준비를 하라고 했다.

"음… 언니, 저 안 하면 안 돼요?"

"여기까지 왔는데 안 해 보고 그냥 간다고?"

"…무서워요."

"갈 수 있는 데까지만 가 봐. 완등 하라는 게 아니니까 부담 갖지 말고. 그래도 여기까지 왔는데 홀드도 한번 안 잡아 보고 가면 후회할걸."

그냥 겁나서 못하겠다는 나와 그냥 한번 해 보라는 언니의 '그냥' 사이엔 간극이 너무 컸다. 인공 외벽을 지긋이 올려다보았다. '그래, 역시 저 벽에 붙는 건 무리야'라고 생각하던 그때, 진한이 자신의 하네스에 로프를 묶으며 뚜벅뚜벅 걸어왔다.

실내 암장에서는 혼자서도 충분히 클라이밍을 즐길 수 있는 반면, 높은 야외 암벽에서는 안전을 위해 두 사람이 한 팀을 이룬다(스피드 경기를 할 때나 안전한 높이에서는 혼자 등반하기도 한다). 등반자가 안전 장비에 로프를 걸고 목표 지점을 향해 올라갈 때, 그 아래에서 확보자(빌레이어)가 같은 로프를 묶고 등반자를 돕는다. 빌레이belay의 사전적 정의는 '등반자의 추락을 막기 위한 로프 조작 기술'이다. 하지만 빌레이는 특정 기술이란 말로 한정하기엔 그 의미가 훨씬 복잡한 행위다. 등반자의 안전을 책임질 수 있는 사람, 조금 과장하면 내 목숨을 믿고 맡길 수 있는 사람에게 빌레이를 부탁하는 것이다.

"내가 빌레이 봐 줄게. 제일 쉬운 문제부터 풀어 봐라."

진한의 무심한 제안. 아니, 이걸 제안이라고 할 수 있나? 진한과 나는 암장 동료 7개월 차다. 77년을 함께 보낸 사람이라 한들 그만한 믿음을 갖기가 쉬울까. 잠시 넋 놓고 있던 사이, 진한은 내 안전 장비에 로프를 팔자 매듭으로 묶기 시작했다.

'이 친구에게 내 목숨을 맡겨도 될까. 엄마, 보고 싶어.'

나는 줄 하나를 붙잡고 거대한 벽 앞에 서서 올라가야 할 지점을 바라보았다. 고개를 한껏 젖혀도 목표 지점이 잘 보이지 않아 허리도 조금 꺾어 보았다. 진짜 높다. 거 높아도 너무 높은 거 아니요. 갑자기 심장이 빨리 뛰어서 올라가기도 전에 심장마비가 올 것 같았다.

요동치는 내 심장과는 관계없이 진한은 덤덤히 매듭을 이어 갔다. 매듭을 마무리하자 로프를 꽈악 당겨 묶고는, 두 번 정도 흔들어 가며 단단히 고정되었는지 확인했다. 하나의 줄로 연결된 안전 장비를 보자 이상한 안도감이 들었다. 어떤 마음은 그것이 가장 어울리지 않는 순간에 불쑥 생기기도 한다는 걸, 매듭을 꽉 잡은 진한의 손을 보며 느꼈다.

"자, 참미 파이팅! 할 수 있다!"

고은 언니가 다가와서 응원을 건넸다.

"아마 저기 3분의 2 지점에 연두색 홀드쯤 가면 좀 당황할 수 있어. 다들 저 구간에서 어려워하거든."

언니는 어느 지점이 어려울 수 있는지 미리 알려 주었다. 허공을 가르는 언니의 손끝을 따라 멀리 있는 연두색 홀드를 지긋이 바라보았다. '저 정도쯤 되면 무조건 떨어지겠구나. 아니지, 저기까지라도 갈 수 있으면 좋겠다.'

진한을 따라 스타트 홀드로 뚜벅뚜벅 걸어갔다. 고은 언니는 어느새 맞은편에 자리를 잡고 앉아 있었다. 한 손에는 휴대폰을 들고 촬영을 하면서, 다른 한 손으로는 주먹을 꽉 쥐고 힘차게 흔들어 주었다. 나는 크게 숨을 들이쉬고 스타트 홀드를 잡았다. 그래, 일단 가 보자.

예상외로 처음엔 어렵지 않았다.

"오, 잘 가는데. 이러다가 완등 하는 거 아니가."

멀리서 고은 언니 목소리가 들렸다. 한참을 올랐다고 생각했는데 절반 조금 넘은 지점에 도달했다. 눈앞에 언니가 말한 연두색 홀드가 보였다. 손을 뻗어도 바로 닿는 거리가 아니었다. 발을 옮길 수 있는 홀드를 찾으려 곁눈질을 했지만 눈에 들어오지 않았다. 그렇다고 아래를 쳐다볼 수도 없었다. 아래를 보면 그대로 힘이 풀릴 것 같았다.

"언니, 못 가겠어요! 어떡하지. 아, 안 잡혀요. 너무 멀어요!"

반쯤 절규하는 내게 사람들의 훈수가 쏟아졌다.

"손 모아 봐! 왼발 올릴 수 있어? 거기 조금 옆에."

"아니 아니, 거기 말고."

"호흡해, 호흡! 이제 손 뻗고!"

이리저리 자세를 바꿔 보았지만 잘 되지 않았다. 연두색 홀드를 잡기 위해서는 왼발을 공중에 띄우다시피 해서 옮겨야 했고, 그러려면 약간의 담력이 필요했다. 흐릿하게 들려오는 친구들의 목소리는 내가 지면으로부터 얼마나 멀리 떨어져 있는지를 실감하게 했다. 여기까지가 끝인가 보다. 혹시나 하는 완등에 대한 기대가 역시나 하는 포기로 이어지려던 참이었다. 나는 아득하게 밀려오는 공포감에 고개를 저으며 외쳤다.

"안 되겠어요! 못하겠어요! 아아악!!"

김해시민체육공원 상공 10미터 어디쯤에서 나는 목놓아 울기 시작했다. 나의 울부짖음이 조용한 공원을 채웠다.

그때 진한이 큰소리로 외쳤다.

"괜찮다. 안 떨어진다. 내가 줄 잡고 있다!"

정말? 믿어도 되는 거야? 줄을 잡고 있을 진한의 얼굴을 그리자 평소의 장난끼 넘치는 표정이 자꾸만 떠올랐다. 머릿속으로 오만 가지 생각이 스쳤다. 당장 내려 달라고 말하고 싶었지만 진한이 내려 줄 것 같지도 않았다. 그렇다고 잡고 있던 홀드를 놓을 용기는 더더욱 없었다. 사면초가의 상황에서 나는 결단을 내려야 했다.

"안 돼! 아아아아아악!!!"

입으로는 안 된다고 말하면서 나도 모르게 한쪽 다리를 반대편으로 뻗었다. 어딘가 처절한 내 몸짓에, 아래에서는 "우하하하" 하고 웃음과 박수가 동시에 터져 나왔다. 고층 아파트 높이에서 한 발은 완전히 뗀 채로 나머지 한 발에 의지해 다음 홀드를 향해 움직인 것이다.

때론 몸이 하는 말이 더 정직하다. 이성으로 누르고 있던 본능이 터져 나온 순간, 가고 싶다는 마음이 추락에 대한 공포를 이겼다. 내 안에 있던 솔직한 마음을 꺼내 준 것은 '내가 줄 잡고 있으니 두려움을 접어 두라'는 누군가의 응원이었다. 늘 하고 싶은 일을 하고 싶다고 말하지 못하는 내게, 하고 싶은 대로 해도 뒤에서 받쳐 줄 사람이 있다는 말. 그 말이 나를 움직이게 했다.

그렇게 나는 연두색 홀드를 잡았고 마침내 완등할 수 있었다. 어떻게 완등까지 했는지는 잘 기억 나지 않는다. 하나의 고비를 넘자 피니쉬 홀드까지는 너무나 순조로웠다는 것만 기억한다.

"자, 이제 내릴게"라는 진한의 말이 들리자 나는 그제야 홀드에서 손을 뗄 수 있었다. 진한은 내가 놀라지 않도록 아주 천천히 조심스럽게 줄을 내렸다. 그 후 친구들은 나를 둘러싸고서 집에 갈 때까지 칭찬 감옥에 가뒀다.

그날 김해 외벽에 울려 퍼졌던 "내가 줄 잡고 있다"는 한마디를 나는 요즘도 자주 꺼내어 보곤 한다. 삶에서 힘든 순간이 찾아올 때면 그 말을 곱씹으며 생각한다. 어쩌면 그때 진한이 했던 말은 내가 나 자신

"괜찮다. 안 떨어진다. 내가 줄 잡고 있다!"

발을 헛디뎌도, 끝까지 가지 못해도 괜찮다고.
지켜봐 주고 붙잡아 줄 내가 있으니
믿고 가 보라는 그 말을 나는 오랫동안
기다려 왔던 것 같다.

에게 가장 해 주고 싶었던 말이라고. 발을 헛디뎌도, 끝까지 가지 못해도 괜찮다고. 지켜봐 주고 붙잡아 줄 내가 있으니 믿고 가 보라는 그 말을 나는 오랫동안 기다려 왔던 것 같다. 믿음의 기반은 자신이 될 수도, 타인이 될 수도 있겠지만, 그게 누구든 무엇이든 중요한 건 일단 한번 가 보는 마음이다. 두려움과 망설임 앞에서도 일단 내 마음이 향하는 방향으로 한 발 내디뎌 보는 마음이다.

다이어트 운명 공동체

일요일 저녁, 고은 언니와 나보다 한 살 어린 인경이 있는 채팅방에 알림이 울렸다.

"나 뛸까? 내일부터 뛸까?"

다이어트를 다짐도 아닌 질문으로 시작하는 사람은 지인 중에 한 사람밖에 없다. 인경은 분 단위로 먹고 싶은 메뉴가 달라지는 친구다.

나와 인경이 처음 만난 건 암장이 아닌 책방에서였다. 내가 클라이밍을 시작하기 전에도 암장 친구들은 내 동생을 만나러 책방을 찾곤 했다. 당시엔 클라이밍에 별 관심이 없었기 때문에 암장 사람들 역시 으레 오는 손님으로만 여겼다. 그러나 딱 한 사람, 인경만큼은 선명하게 기억에 남았다. 숏컷 헤어에 호방한 태도, 뛰어난 목청을 가진 인경은 강렬한 첫인상처럼 자타 공인 암장의 분위기 메이커다.

처음부터 호감이 갔던 인경은 여러모로 나와 다른 듯 비슷했다(놀랍게도 대단히 내향형 인간이다). 우리는 키와 몸무게가 비슷해서 함께 클라이밍을 할 때 내가 도움을 많이 받았다. 어려운 문제가 나타나면 인경이 어디에 발을 놓는지, 어떤 동작으로 나아가는지 인간 정답지마냥 살피면서 감을 익혔다. 인경은 특히 발을 잘 쓸 줄 알았다. 발은 클라이밍에서 제2의 손이라고 불릴 만큼 중요하다. 발을 얼마나 자유자재로 쓸 줄 아는지에 따라 운동 능력치가 크게 달라진다. 인경을 보며 타고난 신체적 재능이란 어떤 것인지, 운동 신경이 좋다는 말이 무슨 뜻인지 알게 되었다.

인경은 빼어난 운동 감각만큼이나 미각도 예리했다. 인경과 자주 어울리면서 처음 먹어 보는 음식이 많았는데, 그럴 때마다 인경은 어떻게 먹어야 가장 맛있는지, 어떤 것과 함께 먹으면 더 좋은지를 세세하게 알려 줬다. 운동 신경도 떨어지고 맛에도 무감한 나와는 너무도 다른 인경이지만, 우리가 정말 비슷한 점이 있다면 그건 바로 '입 다이어터'라는 사실이다. 인경과 나에게 다이어트란 구몬 학습지처럼 계속 미루다가 큰코 다치게 되는, 일종의 평생 숙제와 다름없다.

클라이밍은 중력을 거스르는 운동이라는 속성상 몸무게의 영향을 많이 받는다. 벽에 매달리는 순간부터 자신의 무게를 고스란히 느끼게 된다. 최소한의 움직임으로 최대한의 거리를 가고, 적은 에너지를 이용해 가능한 한 오래 벽에서 버텨야 하니, 당연히 몸무게가 적게 나갈수록 유리할 수밖에 없다. 언젠가 대회 준비를 위해 10킬로그램짜리 모래주머니를 차고 볼더링 연습을 하는 회원이 있었다. 인경과 나는 그 모습을 보며 우리는 매일 모래주머니를 찬 상태로 운동하는 것이나 다름없지 않냐고, 인생 자체가 하드코어 트레이닝이라며 웃었다(눈물도 조금 났지만).

클라이밍을 더 잘하고 싶다면 살을 빼는 게 가장 쉽고 빠른 길이라는 걸 인경도 나도 모르지 않는다. 안다고 다 실천했으면 내가 이렇게 안 살았지. 알면서도 고쳐지지 않는 문제들은 때론 우리를 낙담시키기도 하지만, 그 덕분에 인경과 나의 우정은 돈독해졌다.

인경은 이번 주 주말에도 어김없이 폭식을 했다고 채팅방에 털어놓았다. 나도 질세라 하루 동안 먹은 메뉴를 줄줄이 읊었다. 두 사람의 푸념은 주제가 별반 다르지 않았다. 20대 때 나는 늘 다이어트를 다짐하면서도 종종 폭식으로 스트레스를 풀었다. 먹는 것으로 감정을 조절하는 일이 얼마나 위험한지 알면서도 나쁜 습관은 잘 고쳐지지 않았다. 운동을 하면서 많이 개선했다고 생각했지만, 어느 순간 언제 그랬냐는 듯 무작정 먹는 것으로 하루를 위안하곤 했다.

그날 밤 인경은 내일부터 함께 추가 운동을 하자는 둥, '같이의 가치'를 보여 주자는 둥 의욕적인 제안들을 했다. 나 역시 당시엔 한껏 배가 부른 상태라 냉큼 그러자고 했다.

그리고 다음날, 갑자기 떨어진 기온 탓에 암장 안에서도 서늘한 기운이 느껴졌다. 늘 보는 암장 식구들 몇몇은 어느새 부지런히 벽에 매달려 있었다. 이렇게 몸과 마음이 얼어붙을 때면 함께 문제를 푸는 것만큼 좋은 해결책이 없다. 같은 문제를 풀다 보면 적당한 경쟁심과 응원으로 순식간에 분위기가 후끈해지기 때문이다.

오늘의 문제 출제자는 고은 언니. 언니의 특기는 너무 어렵지도 쉽지도 않은 '적당히' 괜찮은 문제를 출제하는 데 있다. 이런 이유로 암장에서는 고은 언니에게 맡겨놓기라도 한 듯 문제를 내 달라는 요구가 끊이지 않는다. 언니가 내 준 문제에 다들 몰두해 있을 무렵, 어디선가 포효와 같은 음성이 들렸다.

"아! 호떡 먹고 싶다!"

우리 암장에서 이런 말을 외칠 사람은 역시나 내가 아는 한 한 명밖에 없다. 인경의 다 들리는 혼잣말에 고은 언니가 기다렸다는 듯 냉큼 대답했다.

"헐, 인경! 방금 내 마음의 소리를 들었어? 나 어제부터 호떡 먹고 싶었는데."

그러자 이번엔 승현 오빠가 나섰다.

"나는 떡볶이."

승현 오빠는 단순히 메뉴만 던지지 않고, 당장 호떡을 먹을 수 있는 구체적 계획을 제시했다.

"고은이 니가 호떡 사라. 내가 지난주에 떡볶이 샀잖아. 운동 딱 30분만 더 하고, 우리 네 명이서 딱 호떡 먹으러 가면 되겠네!"

이어지는 음식 대화에서 나는 데자뷔를 느꼈다. '지금 이 패턴 익숙한데. 어디선가 많이 들어 본 구조야.'

우리의 대화는 늘 이런 식이다. 인경이 먹고 싶은 메뉴를 던지면, 그 시간대에 늘 배가 고픈 고은 언니나 내가 '나도 나도' 하며 동조한다. 여기에 힘입어 백

종원 선생 뺨치는 인경의 음식 설명이 이어지면, 우리는 그날 반드시 그 메뉴를 먹고야 만다. 이러니 운동을 한다고 살이 빠질 리가 있나.

은근슬쩍 던지고, 누구 하나 떡밥을 물면 우루루 몰아서 내기든 쏘기든 하게 만드는 이 팀플레이에 지난주에 승현 오빠가 걸려들었던 모양이다. 다이어트를 함께 다짐해 놓고, 누구라도 저 떡밥을 물어 주길 기대하는 마음이라니. 사실 인경이 처음 얘기를 꺼낼 때부터 내 마음은 이미 호떡 트럭 앞에 가 있었다.

그렇게 하루치 운동 칼로리와 맞바꾼 호떡을 호호 불며 맛있게 먹다가 문득 그런 생각이 들었다. 누구 하나가 정말로 살을 빼면 우리의 우정은 깨질지도 모른다고. 같은 목표 덕분에 생겨 난 우정이니 한 사람만 성공하면 파국이 아닐까. 둘 다 성공하든 둘 다 실패하든 해야 할 텐데 걱정이다.

목표와 실천은 매번 각각 동쪽과 서쪽에 있는 것 같다. 절대 닿을 수 없는, 세상에서 가장 먼 거리. 이상과 현실의 간격이 그렇듯, 배부를 때 세운 다이어트 계획과 배가 고파도 참고 운동하는 것 사이의 간격은 도무지 메워지질 않는다. 먹고 싶은 마음과 참으려는 마음 사이에서 나는 왜 언제나 먹는 쪽의 손을 들어 주는 것인지. 이 패턴은 아무래도 쉽게 바뀌지 않을 것 같다. 어차피 망한 다이어트라면 추억이라도 두둑이 남겨 놓는 편이 낫겠지. 아무쪼록 다이어트 운명 공동체인 우리 두 사람의 우정이 영원하길. 그 오래가는 우정을 위해 오늘의 호떡을 미루지 않았다고 위안하는 밤이다.

정직함이 통하는 세계

나와 고은 언니와 인경, 우리 여자 삼인방은 조금 일찍 모여 운동을 끝내고서 근처 야간 포차를 찾았다. 원래 매일 만나는 사이일수록 할 말이 많은 법. 우리 에겐 사소하지만 재밌는 얘깃거리가 늘 넘친다. 시시콜콜한 근황 토크가 지나가면 대화의 주제는 자연스럽게 클라이밍으로 흘러가곤 했다.

이날 밤의 주제는 다름 아닌 신규 회원. 최근 암장에 눈에 띄는 변화가 하나 생겼는데, 그건 바로 여성 회원이 폭발적으로 늘어났다는 사실이다. 그간 달마다 새로운 강습생들이 스쳐 갔지만 이번 같은 경우는 처음 있는 일이었다. 이달의 신규 회원이 전부 여성이었던 것.

　일반적으로 그런지는 알 수 없으나, 우리 암장에는 여성 회원보다 남성 회원의 수가 훨씬 많다. 암장에 여자라고는 나 혼자뿐인 날도 가끔 있다. 그러니 여성 회원들로만 이루어진 초급 강습은 나를 비롯해 기존 암장 회원들 모두에게 신선하게 다가올 수밖에.

　강습 분위기는 전에 없이 화기애애했다. 비슷한 또래의 여자 강습생들이라 그런지 금세 언니 동생 하고 연락처를 교환하며 친밀해진 듯 보였다. 내가 떠올리는 초급 강습은 대개 고통과 연결되어 있었는데, 이번 강습에서는 어째 비명보다 웃음이 더 자주 들리는 것 같았다. 인경은 강습 풍경을 물끄러미 바라보며 "우리에겐 호랑이 교관 같은 센터장님이 꽃집 남자처럼 말하고 있다"라고 평하기도 했는데, 정말이지 암장 분위기도 센터장님도 전에 없이 묘하게 다정하고 상냥한 느낌이 흘렀다.

　고은 언니의 말에 따르면 즐거운 강습 분위기만큼이나 신규 회원들의 성장 속도도 꽤 좋은 모양이었다. 그중 몇 명은 강습이 끝난 뒤에도 남아서 개인 운동을 하거나 배운 내용을 복습하는 등 열의를 보이기도 한다고. 그러면서 진한이 고은 언니에게 "조만간 누나의 자리를 위협할 것 같다"라고 했다는 게 아닌가. 초급 수강생을 나의 롤모델 고은 언니에게 견준다고? 기분이 상한 나는 안주를 먹다 말고 언니를 다그쳤다.

"아니, 누구 맘대로 언니랑 비교를 해! 언니는 그 얘기를 듣고 가만히 있었어요?"

"응? 그럼 뭐라고 해?"

"아무리 그래도 그건 아니지! 언니가 우리 중에 클라이밍을 제일 오래 했는데. 어떻게 그런 말을 해요? 어휴! 내가 다 자존심 상하는데?"

화는 언니가 내야 하는데 왜 내가 열이 받는 건지. 씩씩거리는 내 옆에서 인경이 한마디를 보탰다.

"그래, 이 언니 물러 터졌어. 더 열심히 할 생각을 해야지. 지금 국물이, 어? 목에 넘어가? 어이구."

인경은 눈으로는 안주를 가리키면서 입으론 언니를 혼냈다. 그러자 묵묵히 매운 국물을 뜨던 고은 언니의 숟가락이 잠시 멈췄다. 언니는 은은한 눈빛으로 우리를 바라보며 말했다.

"야, 나 솔직히 그렇게 잘하는 거 아니거든? 너희도 알잖아. 그리고! 누구라도 나보다 잘할 수 있는 거지. 그건 하나도 이상한 게 아니고 완전 당연한 거야. 노력하면 잘하게 되는 게 자연스러운 거라고."

언니의 말이 틀린 건 아니지만 어쩐지 심술이 났다. 노력하면 잘하게 된다는 말에는 이견이 없었다. 다만 언니도 나도 그들보다 훨씬 더 오랜 시간을 클라이밍을 잘하는 일에 쓰지 않았나. 그 시간이 크게 의미가 없는 거라면, 나는 왜 재능도 없는 클라이밍에 이렇게 목을 맨단 말인가.

다음날 늦은 저녁을 먹고서 암장으로 향했다. 강습 시간인 8시가 되려면 아직 한참 남았는데 신규 회원들은 벌써 암장에 도착해 있었다. '다들 진짜 열심히 하네? 무작정 고은 언니 말을 부정할 게 아니었나.'

나는 인경에게 자그마한 목소리로 말했다.

"신규 회원들 진짜 열심히 하긴 한다. 벌써 나보다 잘하는 것 같아."

그러자 인경이 양 눈썹을 팔자로 올리고선 무서운 얼굴로 대꾸했다.

"언니, 신입 때는 누구나 다 저렇게 열심히 하는 거지. 나도 처음 배울 때는 강습 시간보다 일찍 와서 연습하다가 제일 마지막에 집에 갔는데요?"

"그래? 하긴 네가 그렇게 열심히 했으니까 지금의 발 자리 천재가 된 거겠지?"

인경은 무슨 시답잖은 소리를 길게 하냐는 얼굴로 나를 바라봤다.

"갑자기 무슨 소리예요."

인경의 눈을 보자 갑자기 부러움을 들킨 것만 같아 부끄러워졌다. 나는 서둘러 대화의 방향을 바꿨다.

"아, 내가 요즘 뭔가 열정이 없어서 그런지 신규 회원들이 대단해 보이네. 그나저나 저 회원 운동복 바지 예쁘다, 그치?"

"이봐요, 언니. 주눅 들지 마요. 언니 옛날을 생각해 봐. 안 풀리는 한 문제 풀어 보겠다고 센터장님이 청소할 때까지 남아 있던 날을 떠올리라고! 중요한 건 얼마나 오래, 꾸준히 하냐는 거예요. 오케이?"

운동을 하다 보면 전에는 크게 마음 쓰지 않았던 자신의 삶의 태도와 마주하게 될 때가 있다. 어릴 때부터 나는 나 자신보다 다른 사람들에게 더 관심이 많았다. 내가 가진 것과 들인 노력에 관심을 쏟기보다, 타인이 가진 장점과 재능을 보는 일에 더 마음을 썼다. 원래 탁월하게 빛나는 건 아름다운 법이니까. 거기에 마음을 쏟는 일은 자연스러웠다. 그런데 처음에는 그저 무해했던 그런 관심이 시간이 지나면서 나도 모르게 비교하는 마음으로 모양을 바꾸기도 했다. 나는 왜 그들처럼 될 수 없는지, 다른 이들에겐 가뿐한 일이 내겐 왜 이토록 어려운지. 남들과 나의 차이점을 살피다 보면 타고난 재능 없음뿐만 아니라, 어떤 일을 열성적으로 좋아하지 못하는 내 건조한 마음에도 실망하곤 했다.

이제 막 시작한 신규 회원들이 나보다 잘하게 되는 모습을 머릿속에 그려 보았다. 지금은 상상일지 몰라도 머지않은 미래에 현실이 될 수 있는 일이었다. 그러자 자동반사적으로 '오늘은 클라이밍 하기 싫어!'라는 마음의 목소리가 올라왔다.

부정적인 감정이란 습관과도 같아서 주의해서 들여다보지 않으면 익숙한 대로, 합리화하기 편한 쪽으로 흐른다. 나의 노력과 실력에 집중하는 대신 누가 더 잘하고 못하는지를 평가하는 데 몰두하는 순간, 클라이밍은 스스로를 괴롭히는 경쟁이 된다. '저 친구는 되는데 나는 왜 안 될까. 내 노력이 부족했나'라는 자책만 하다 집에 오는 것이다.

그러나 기준점을 타인이 아닌 나 자신에게 둘 때, 착실하게 노력하면 원하는 지점에 도달하게 된다는 말에 고개를 끄덕일 수밖에 없다. 열심은 배반하는 법이 없으니까. 물론 운이라는 게 따라 줘서 남들보다 빨리 도달하는 경우도 있지만, 취미로 하는 운동에서만큼은 시간과 노력의 힘이 더 세다. 그래서 애쓴 만큼 얻게 된다는 단순한 명제가 흔들리는 때일수록 운동이 갖는 이런 속성은 위안으로 다가온다. 나 역시 그래서 클라이밍이 좋았다. 꾸준히 노력하기만 하면 느리더라도 나아갈 수 있다는 믿음, 도망가거나 배신하지 않는 우직함 같은 것을 보았기 때문이다.

신입 회원도 나도 클라이밍 앞에서는 동등하다. 각자의 위치에서 저마다의 노력을 한다. 그러니 타인의 성과를 과대평가할 필요도, 그렇다고 과소평가할 이유도 없다. 내가 클라이밍을 하며 보낸 시간과 앞으로 쏟을 노력에 대해서도 마찬가지다. '노력하면 잘하게 되는 게 당연하다'는 고은 언니의 말에는 주어가 없었다. 우리 모두 노력하면 잘하게 된다. 스스로에게 부끄럽지 않을 만큼의 시간과 노력을 쏟았다면, 그렇게 도달한 곳이 어디든, 내가 서 있는 자리에 만족하는 마음이 생기지 않을까.

내가 원하는 미래를 만나기 위해 바라봐야 할 곳은 다른 이들의 현재가 아니라 내가 쌓아 온 과거다. 그러니 언젠가 지금을 돌아보며 후회가 남지 않도록 일단 오늘 클라이밍을 즐겁게 해야겠다. 그것이 미래의 나를 위해 현재의 내가 할 수 있는 최선이라 믿으며.

냉혈한 트레이닝 코스

어느덧 클라이밍을 시작한 지도 일 년이 다 되어 가고 있었다. 어떤 부분은 익숙해졌고 얼마간은 나아지기도 했으나, 냉정하게 말해서 실력 향상은 아주 더뎠다. 암장에 가는 것은 즐겁고 신나는 일이지만, 동시에 잘하지 못하는 나를 번번이 마주해야 하는 일이기도 했다. 예전의 나라면 벌써 그만뒀을 텐데, 이상하게도 그럴 마음은 생기지 않았다. 소소한 취미로만 치부하기엔 내 삶에서 이 운동이 차지하는 자리가 점점 커져 가고 있었다. 클라이밍이 잘되는 주간이면 일상에도 기운이 넘쳤고, 잘 풀리지 않는 문제를 만나는 날엔 책방 일에마저 힘이 빠졌다.

"아이고, 오늘은 더 안 할란다. 해도 안 되네."

어설프게 문제를 풀다 말고 손을 떼며 내가 말했다. 그냥 지나칠 법한 그 말을 진한은 흘려듣지 않았다.

"내가 도와줄까? 한 달만 내가 하라는 대로 하면 실력 팍 오른다."

"아니. 안 할래."

나는 단박에 거절했다. 당연히 실력이 오르는 게 싫은 건 아니다. 다만 진한에게 배우고 싶진 않았다. 암장의 고수들(물론 센터장님도 포함이다)은 클라이밍 앞에선 자비가 없다. 그들이 전제하는 '노력하면 무조건 된다'는 믿음은 용기의 베이스가 되기도 하지만, 낙담의 수렁이 되기도 한다. 해내지 못하는 이들에겐 '노력 부족'이라는 확실한 꼬리표를 달아 주는 셈이니 말이다. 그럼에도 그 믿음을 쉽게 부인하거나 비난할 수 없는 건, 노력과 인내 없이는 도달할 수 없는 어떤 지점을 통과한 이들을 향한 존경심 같은 것이 그들의 말에 힘을 실어 주었기 때문이다.

아무튼 그날 진한의 제안은 다른 대화들 사이로 지나가 버렸다. 아니, 그런 줄 알았다. 그리고 그날 밤 나는 꿈을 꾸었다. 진한에게 혹독하고 무자비한 트레이닝을 받는 꿈이었다. 밤새도록 매달리고 떨어지다 깨어난 아침, 찝찝한 기분을 떨칠 수 없었다. 하필 꿈도 왜 그런 꿈을 꾼 걸까. 싫다고 말하면서도, 한편으론 그렇게 해서라도 잘하고 싶은 마음이 있었던 걸까. 내 마음 나도 모르겠다는 심정으로 고개를 절레절레 저었다.

이미 꿈으로 한바탕 두들겨 맞고 난 뒤 암장에 들어서는데 이상한 기운이 감지됐다. 문을 열자마자, 마치 내가 오기만을 기다리고 있었다는 듯 진한이 튀어나왔다.

"참미, 내가 지구력 문제 하나 내 줄 테니까, 앞으로 암장 오자마자 10분간 몸 풀고 오버행 벽으로 와서 붙어라."

"무슨 말인데 그게…?"

"내가 곰곰이 생각해 봤는데. 지금 니가 하는 그런 건 아무 의미 없다. 딱 목표를 세우고! 제대로 해야 된다. 대충 몸 풀고 옆 벽으로 온나."

나는 나도 모르는 사이에 이미 '냉혈한 트레이닝 코스' 안으로 들어와 있었다. 꾸…꿈은 이루어지는 건가? 예지몽 뭐 그런 건가.

준비운동을 마치고 오버행 구간으로 가자 진한은

내게 지구력 문제 하나를 내 주었다. 직벽에서 오래 연습하는 것보다 각도가 있는 오버행 벽에서 짧고 굵게 하는 게 더 효과적이라며, 이번 달 안으로 노란색 스티커가 붙은 지구력 문제를 끝까지 푸는 걸 목표로 연습하라고 했다. 그러고는 암장 사람들을 향해 외쳤다.

"다들 참미 지구력 문제 풀 때 발 자리 알려 주지 마라."

'발 자리'. 나는 정말 지독한 발 자리 바보다. 다음 홀드를 잡기에 가장 좋은 발 자리란 도대체 어디란 말인가. 클라이밍을 할 때 흔히 손아귀와 팔의 힘이 좋아야 한다고 생각한다. 물론 팔도 중요하지만 그에 못지않게 중요한 것이 다리와 발, 더 좁게는 발끝의 움직임이다. 클라이머의 신체 조건에 따라 저마다 편안한 무브가 다르다. 각자의 강점과 약점, 움직임이 편한 각도와 위치가 다양하다 보니, 동일한 문제를 풀어도 사람마다 발을 놓는 자리가 달라진다. 자기 몸의 특성과 무게 중심을 잘 이해하고 활용할 줄 아는 사람일수록 문제 풀이가 수월해지는 건 당연한 일. 동생 말처럼 클라이밍은 여러모로 똑똑해야 잘할 수 있는 운동이다.

나는 기본 근력이 부족할 뿐만 아니라, 잡아야 할 홀드 순서를 외우는 단순 기억력도 떨어진다. 이 외에도 문제가 많지만, 그중에서도 제일 어려운 것이 바로 발 자리 찾기다. 하나의 홀드에서 다음 홀드로 이동할 때면, 나는 공중에서 가련하게 허우적대며 벽에 붙은 홀드란 홀드는 모조리 밟아 볼 기세로 하나씩 발을 대본다. 최소한의 거리를 최대한의 에너지를 사용해서 가는, 그야말로 클라이밍의 이상에 완전히 반하는 움직임이다.

그럴 때마다 사람들은 안타까움과 답답함에 훈수를 두곤 했다. "참미야, 거기 말고 왼발을 좀 더 올려 봐." "아니 발을 한 칸 더 나가 봐." "초록색 홀드까지 발을 보내야 무게 중심이 이동하지." 마치 아바타처럼 친구들의 말을 따라 가다 보면 엉겁결에 문제를 풀게 되는 경우도 있었다. 하지만 그렇게 해서 피니쉬에 도달하고도 방금 어떤 길을 거쳐 무슨 홀드를 밟고 왔는지 기억하지 못했다. 진한은 그런 나를 정확히 파악하고 있었던 것이다.

"다 사람마다 맞는 발 자리가 있다. 그걸 스스로 찾아야지 남이 가르쳐 준 대로 가면 실력이 늘 수가 없다. 그러니까 니 발 자리는 니가 찾아라. 남들한테 자꾸

물어보지 말고."

사실 그전에도 진한은 남들이 말하는 자리가 아니라 내가 편한 자리에 발을 두고 가라는 말을 지나가듯한 적 있다. 큰 의미 없이 했을 그 말이 어쩐지 나를 아프게 찔렀다. 내가 내 자리를 찾지 못하고 있는 게 어디 암벽 위 발 자리뿐이겠나.

나는 종종 호불호가 명확한 사람 같아 보인다는 얘기를 듣곤 했다. 돈 안 되는 책방을 운영하고 있는 것도, 하고 싶은 일은 끝내 해야 직성이 풀리는 성격도 그런 평가에 한몫했으리라. 하지만 조금만 들춰 보면 나는 단단하기보단 휩쓸리는 쪽에 가까운 사람이다. 남들이 나한테 이래라저래라 하는 게 싫어서 회사를 나와 놓고, 막상 내가 주인인 책방에서 작은 것 하나도 혼자 결정하지 못했다. 무슨 일이든 함께 일하는 남동생의 동의가 있어야 안심이 됐다. 잠들기 전 스스로의 선택을 의심하며 불안에 시달리고, 어떻게 살아야 할지 몰라 갈팡질팡했다.

마음처럼 되지 않았을 뿐, 누구보다 내 발 자리를 찾고 싶은 사람은 나였다. 삶의 오래된 문제를 들켜 버린 나는 자의 반 타의 반으로 클라이밍에서라도 내게 맞는 발 자리를 찾아보자 다짐했다.

처음 노란색 표시가 붙은 지구력 문제를 풀기 시작한 날, 허둥대며 여섯 번째 홀드까지 터치할 수 있었다. 다음 날에는 6번 발 자리는 완벽한데, 7번으로 넘어갈 때의 근력이 부족해서 아쉽게도 진도를 빼지 못했다. 또 그다음 날에는 손은 8번 홀드까지 넘어갔지만, 발이 6번 자리에서 나아가지 못해서 실패했다.

24개의 홀드를 다 잡는 것을 목표로 나는 아주 아주 느리지만 아주 아주 확실한 모습으로 진일보하고 있었다. 진한과 고은 언니를 비롯한 암장 식구들은 내가 진도를 잘 따라오고 있는지, 문제를 풀다가 또 마음이라도 다치진 않을지, 매일 숙제를 내고 검사하는 마음으로 응원해 주었다. 진한이 나를 위해 준비한 특훈을 다 끝낼 즈음이면 과연 내 발 자리를 확실하게 찾을 수 있을까.

"다 사람마다 맞는 발 자리가 있다.
그걸 스스로 찾아야지
남이 가르쳐 준 대로 가면 실력이 늘 수가 없다.
그러니까 니 발 자리는 니가 찾아라.
남들한테 자꾸 물어보지 말고."

인생에도 크럭스가 있다면

클라이밍을 하다 보면 마의 구간을 만나게 된다. 피니쉬 홀드에 도달하기 전에 맞닥뜨리게 되는 가장 어려운 지점을 '크럭스crux'라고 부른다. 지구력이든 볼더링이든 문제의 출제자는 의도적으로 각 루트마다 고비가 되는 크럭스 구간을 심어 둔다. 내 경우엔 어느 것 하나 쉽게 넘어가는 법 없이 모든 홀드가 크럭스 같아서 문제지만.

초급자를 위한 문제에는 보통 출제자가 심어 놓은 정답지 같은 무브가 존재한다. 문제를 푸는 과정에서 자연스럽게 기본 동작을 익히고 필요한 근육을 단련하도록 하기 위해서다. 크럭스의 목적도 마찬가지. 어

려운 고비를 통과하면서 약간의 용기랄까, 클라이머
가 지녀야 할 태도를 은연중에 배우게 된다.

반면 이미 일정 수준 이상에 도달한 이들을 대상
으로 한 상급자용 문제는 특정 무브를 예상해서 출제
하기가 쉽지 않다. 나 같은 초보는 어떻게 풀어야 할
지 가늠도 되지 않는 고난이도 문제 앞에서 '이게 가
능하다고?' 의심하는 것이 할 수 있는 전부다. 하지만
수많은 크럭스를 만나고 해결해 본 고수라면 이야기
가 다르다. 그들은 어떤 의구심이나 불만 따위 애초에
가져 본 적 없는 사람처럼 의연하다. 문제를 탓하기보
단 오직 본인이 지닌 신체적 강점과 상상력을 십분 발
휘해 묵묵히 자신만의 답을 만들어 나간다.

평소와 다름없는 금요일 밤, 이날 암장의 화두는
남동생과 그의 오랜 친구 상환의 지구력 문제였다. 두
사람은 며칠 전부터 30개가 조금 넘는 홀드로 구성된
지구력 문제를 함께 풀고 있었다. 나이도 같고 키도
비슷한 데다 같은 대학 같은 학과를 졸업한 동기인 둘
은 늘 붙어 다녀서인지 암장에서도 세트처럼 여겨지
곤 했다. 실력마저 비등한 걸 자기들만 모르는 것인지,
동생과 상환은 늘 서로를 향해 '내가 너보다 클라이밍

은 더 잘한다'며 하찮은 경쟁을 한다. 제법 진심인 그들의 대결 구도 앞에서 긴장감을 느끼는 사람은 아무도 없지만, 아무튼.

두 사람은 오늘도 만담 같은 대화를 주고받으며 같은 문제를 풀고 있었다. 상급자와 중급자를 위해 설정된 문제였는데, 출제자인 센터장님이 심어 놓은 확실한 크럭스 구간은 딱 하나였다. 하지만 상급이라기엔 조금 애매한 실력 탓인지 둘 다 크럭스에 도달하기도 전부터 고전을 면치 못했다. 한 가지 재밌는 점은 각자 어려워하는 구간이 완전히 달랐다는 것이다. 상환은 전완근 힘이 좋아서 미끄러운 슬로퍼sloper 홀드도 어렵지 않게 잡았지만, 동생은 손목이 약해서 매끈한 구 형태의 홀드는 잡기 힘들어했다. 반면 어깨 근육이 좋은 동생은 당기는 힘을 이용해 쉽게 넘어가는 구간에서 상환은 맥없이 떨어지고야 말았다.

크럭스 구간은 맛도 보지 못한 채 티격태격하는 두 사람 곁으로 진한이 슬그머니 걸어왔다. 말없이 문제를 바라보던 그는 홀드가 만든 길을 눈으로 훑더니 슬리퍼를 신은 채로 스타트 홀드를 잡았다. 상환과 동생이 고전하던 구간들을 진한은 암벽화도 갖춰 신지 않은 채 홀연히 넘어갔다. 그런 뒤 동생이 어려워하던 지점과 상황이 실패하던 무브를 되짚으며 어떻게 개선하면 좋을지 알려 주었다. 그때 내 마음속에 바람이 하나 생겼다. 앞으로 내가 마주하게 될 크럭스가 있다면, 그것이 클라이밍에서든 삶에서든, 진한처럼 담담한 얼굴로 건너가고 싶다고 말이다.

형태와 해결 방법이 다를 뿐, 누구에게나 어려움은 있다. 클라이밍과 달리 인생의 문제에는 난이도 표시도 없고 연습도 없어서, 우리는 더 자주 헤매고, 내 과제를 남의 것과 비교하며 곁눈질하게 되는지도 모른다. 그럴 때 클라이밍에서 만나는 크럭스를 떠올리면 조금은 안도감이 든다. 나만 헤매는 것이 아님을, 우리 모두 서로 다른 삶의 고비를 지나고 있음을 배우게 하기 때문이다.

우리는 각자 고유하게 다르다. 팔이 긴 사람, 어깨 근육이 유난히 발달한 사람, 유연함이 남다른 사람이 자신만의 특기를 이용해 예상치 못한 방법으로 문제를 해결하는 모습을 볼 때면, 우리가 지닌 무기는 각자의 얼굴만큼이나 다양하다는 걸 깨닫는다. 같은 문제 앞에서 서로 다른 자리에 선 남동생과 상환, 진한 세 사람을 보며 생각했다. 내가 무엇을 잘하고 어디에 약한

지를 아는 것이야말로 클라이밍을, 나아가 인생의 크럭스를 헤쳐 나가는 데 가장 필요한 기술이라고. 저마다 가진 장점을 활용해 스타트 홀드와 피니쉬 홀드 사이의 공백을 자유로이 메꿔 가며 답을 찾는 과정이야말로 진짜 나만의 클라이밍이 시작되는 순간이다.

운동이란 매우 정직한 것이어서 속도의 차이는 있어도 방향의 차이는 없다. 노력한 만큼 익숙해지고 익숙한 만큼 잘하게 된다. 이토록 당연한 과정을 새삼스럽게 깨달아야 할 만큼 우리가 빠른 속도와 성장에 익숙해져 버려서 문제지만. 한동안 씨름하던 문제가 어느 날 어렵지 않게 풀릴 때면 마음속으로 몰래 웃어 보기도 한다. 한 고비를 지나 또 다른 고비를 만나도, 이미 풀었던 문제의 무브는 몸이 기억한다. 그렇게 조바심 내지 않고 한 발씩 나아가다 보면 크럭스라 여기던 구간들도 힘들이지 않고 담담하게 넘을 날이 올지 모른다.

두 번째 생일

내가 남들보다 어렵지 않게 해내는 일 중 하나는 특정 영상을 몇 번이고 다시 보는 일이다. 어려서부터 내게는 새로운 영상을 찾아보는 즐거움보다 이미 아는 장면을 다시 보는 기쁨이 더 컸다.

초등학교 시절 방학은 무려 40일이나 되었는데, 나와 남동생은 그중 꼬박 한 달을 할머니 집에서 보냈다. 엄마 아빠에겐 모처럼의 자유를, 할머니 할아버지에겐 손주들과 보내는 넉넉한 시간을 선사한다는 점에서 아마 어른들 모두에게 만족스러운 일이었으리라.

어른들의 일방적 결정 같아 보이지만, 우리 남매에게도 나름의 기쁨이 있었다. 하나는 할머니가 차려주는 밥이 진짜 맛있었다는 점이고, 다른 하나는 부모님 눈치를 보지 않고 애니메이션을 마음껏 볼 수 있다는 점이었다. 우리는 할머니 집 앞에 있는 '반송비디오' 가게에서 〈란마 1/2〉 시리즈를 빌려와 테이프가 늘어질 때까지 보곤 했다. 할머니는 매일같이 저녁 찬거리를 사러 아랫마을 장에 다녀오셨는데, 돌아오는 길이면 늘 커다란 닭 꼬치 두 개를 사다 주셨다. 동생과 닭 꼬치를 먹으며 비디오를 볼 때의 만족스러움이란. 돌아갈 수만 있다면 한번만 다시 살아 보고 싶은 순간이 아닐 수 없다.

중학생 무렵에는 영화관에서 우연히 본 〈동갑내기 과외하기〉를, 20대에는 〈오만과 편견〉을, 최근에는 디즈니 영화 〈라푼젤〉을 무수히 돌려 보고 있다. 여전히 '봤던 영상 또 보기'가 제법 자신 있는 걸 보면 이거야말로 특기 항목에 쓸 수 있는 내용이 아닐까.

요즘 들어 새롭게 빠져든 영상이 있다면, 바로 나의 클라이밍 하이라이트 영상이다. 암장에서는 자신의 모습을 영상으로 남기는 친구들을 심심치 않게 볼 수 있다. 잘하고 못하고를 떠나서, 내가 클라이밍 하는 모습을 찍은 것보다 재밌는 영상이 없다. 게다가 꽤 멋진 무브로 피니쉬 홀드를 잡는 데 성공했다면? 나이스를 외치는 소리가 주위를 가득 채운다면? 아마 하루에 스무 번 정도는 우습게 그 영상을 보게 될 거다. 우스갯소리로 화장실에서 본인의 클라이밍 녹화 영상을 보다간 변비에 걸리기 십상이라는 말까지 있을 정도니까.

인스타그램에는 자신의 피드에 게시물을 '하이라이트'로 고정하는 기능이 있다. 인스타그램 자체가 인생의 하이라이트를 모아놓은 사진과 영상 컬렉션일진데, 그중 제일 앞줄에 놓고 싶은 것이라면 그게 바로 인생의 정수가 아니고 무엇이겠나. 한동안 내 인스타그램엔 세 개의 하이라이트 고정 피드가 있었고, 셋다 클라이밍 영상이었다. 그중에서도 내가 가장 좋아하는 영상은 2021년 7월 15일에 촬영된, 볼더링 문제를 푸는 멋진 내 모습이다.

그해 7월 초, 센터 커뮤니티에는 공식 문제 출제자인 센터장님이 아닌 다른 사람이 출제한 문제가 올라왔다. 출제자의 닉네임은 '덕코치'. 남동생에게서 그 이름을 들어 본 적 있었다. 내가 우리 암장에 다니기 전에 이곳에서 초급 강습을 맡았던 그는 180이 훌쩍 넘는 키에 체지방이 8퍼센트대이고, 긴 팔과 다리 때문에 마치 걸어 다니는 윈드 차임처럼 보인다는 전설적 인물이었다. 오랜만에 암장에 방문한 그가 센터장님을 대신해 볼더링 문제를 출제하고 간 것이다.

암장은 덕코치의 게시글로 인해 약간 들뜬 분위기였다. 그가 낸 문제가 평소 센터장님의 문제와 스타일이 다른 데다가, 덕코치 본인의 신체 조건에 따라 가동 범위가 넓게 출제되었다는 점에서 모두의 도전정신을 끌어올렸던 것이다.

문제가 올라온 첫날, 나는 초급 문제 중 한 문제만 남겨 놓고 나머지는 다 풀었다. 하지만 마지막 문제가 나를 중급으로 넘어가지 못하게 가로막았다. 나뿐만 아니라 인경과 또 다른 친구 예원도 마찬가지였다. 이 문제의 포인트는 왼손으로 홀드를 꽉 잡고, 당기는 힘을 써서 몸을 끌어올려 오른손으로 피니쉬 홀드를 잡는 것이었다. 이때 골반은 아웃사이드 스텝을 이용해 최대한 벽에 가까이 붙여야 한다. 이 과정을 유연하게 연결하려면 어느 정도의 근력과 기술이 동시에 필요했다.

고전을 면치 못하는 우리 세 사람을 앞에 두고 진한은 이게 뭐가 어렵냐며 단박에 문제를 풀어 버렸다. 박탈감을 느낀 우리는 진한이 초급 문제를 푸는 건 엉

터리라며, 어디서 잘난 척을 하느냐고 괜한 타박을 했다. 그러다 느지막이 암장에 도착한 고은 언니를 붙들고 발 자리 시범을 보여 줄 것을 종용했다. 언니는 한 번에 성공하지 못해 조금 당황한 기색이었지만, 두세 번의 시도 끝에 안정적으로 피니쉬 홀드를 잡았다.

어느덧 이 문제는 나와 인경과 예원, 여성 초급 삼인방에게 주어진 하나의 테스트이자, 중급으로 가는 관문처럼 되어 버렸다. 하루면 풀 수 있을 줄 알았던 문제는 이틀이 지나도 풀리지 않았다. 그러다 셋째 날 예원이 마침내 피니쉬 홀드를 잡았다. 우리 중 가장 가볍고 근력이 좋은 예원에게도 사흘이나 필요한 문제라니. 그때부터 나에겐 선택지가 하나 더 생겼다. 포기! 포기하면 된다. 초급으로 남아 있어도 된다.

하지만 이런 나와는 달리 인경은 포기할 생각이 없어 보였다. 슬그머니 발을 빼려는 내 앞에서 인경은 자꾸만 성큼성큼 벽으로 다가가 스타트 홀드를 잡았다. 함께해 온 사람으로서 어쩐지 눈치가 보이는 것도 있었지만, 그보다 나를 그 자리에 계속 머물게 했던 건 이상한 감화였다. 누군가의 열심은 곁에서 지켜보는 것만으로 우리를 덩달아 한 발 나아가게 만들기도 하니까. 인경의 도전이 길어질수록 나 역시 그 문제를 놓지 못했다.

출제일로부터 닷새가 지났을 무렵, 별안간 암장에서 엄청난 환호와 함께 박수 소리가 터져 나왔다. 인경이 어렵사리 피니쉬 홀드를 잡은 것이다. 매번 혹시 몰라 자신의 모습을 영상으로 남겨 온 인경은 성공 영상을 확인하자 이내 눈에 눈물이 맺혔다. 여기저기서 축하와 칭찬이 흘러나왔다. 나 역시 감격에 젖어 인경에게 대단하다며 엄지를 치켜들었다. 그러나 우정 어린 축하도 잠시, 마음 깊숙한 곳에서는 결국 또 나만 문제를 풀지 못하고 한 주가 지나가고 있다는 사실에 괴로운 마음이 스멀스멀 올라왔다. 포기하기엔 너무 늦었고, 그렇다고 다시 의욕을 내기엔 이미 김이 다 빠져 버린 느낌.

인경이 이번엔 나를 도와주겠다며 휴대폰을 들어 녹화 버튼을 눌렀다. 그전까지는 냅다 매달리기 바빠서 내 모습을 찍어 볼 생각은 하지 못했다. 무엇보다 못하는 내 모습을 영상으로 보는 일이 내키지 않았다. 그거야말로 진정한 데이터 낭비 아니겠나. 하지만 성공을 원하는 자에게 자존심은 구차한 것이니까. 맞은 데 또 맞는 심정으로 용기 내어 찍은 영상 속 내 모습은 참담하기 그지없었다. 일자로 뻣뻣하게 뻗은 왼팔은 몸을 전혀 당겨 주지 못했고, 두 다리는 발 자리가 어색한 탓인지 제대로 자세를 지탱하지 못하고 금세 홀드에서 떨어지고 말았다. 영상으로 확인하자 내가 이번 주 안에 이 문제를 푸는 건 확실히 불가능해 보였다.

그렇게 어영부영 시간이 흘러 다음 주 월요일이 되었고, 암장 게시판에는 새로운 문제가 올라왔다. 슬그머니 다른 문제를 풀까도 생각했지만 어딘가 찝찝한 마음을 지울 수 없었다. 그와 함께 지난번에 열과 성을 다해 내 영상을 찍어 주던 인경의 얼굴이 자꾸만 발목을 잡았다.

'그래, 기왕 이렇게 된 거 다시 시도해 보자. 좋은 컨디션에서라면 의외로 쉽게 풀릴지도 몰라.'

나는 희망 회로를 돌리며 덕코치가 내 준 문제에 다시 도전하기로 했다. 두 시간이 흘렀다. 안 되는 건 안 되는 거였다. 아무리 여러 번 시도해도 무브가 개선되지 않았다. 영상에서 본 대로라면 마치 이 무브를 위한 근육이란 게 애초에 내 몸에 존재하지 않는 것 같았다.

아무리 했던 걸 또 하는 걸, 봤던 걸 또 보는 걸 좋아하는 나라지만 이제는 진절머리가 날 지경이었다.

어디까지 할 수 있을까. 얼마나 더 해야 성공할 수 있으려나. 무턱대고 어리석은 방식으로 계속하고 있는 건 아닐까. 오만가지 자괴감이 들었다.

같은 문제에 매달린 지 보름쯤 지나자, 치밀던 부아는 점차 체념으로 바뀌어 갔다. 이렇게 오랫동안 한 가지 문제에 골몰한 것도, 여러 번 실패한 것도 처음이라 더욱 당혹스러웠다. 주변 친구들마저 그만하면 충분하다고 했을 정도니.

하지만 그럴수록 이상하게 더 미련이 남았다. 이 단계를 넘지 못하면, 다음번에 비슷한 상황이 닥쳤을 때 지금을 떠올리며 더 쉽게 포기할 것 같았다. 도망치고 싶지 않다. 앞으로의 나에게 과거의 내가 더 이상 안타까움과 연민의 대상이 아니길 바랐다. 그렇게 생각하자 지금 눈앞에 놓인 문제를 포기할 수가 없었다.

이미 손가락은 마디마다 살점이 떨어져 나갔다. 상처 위로 덕지덕지 테이핑 한 손가락은 점점 크게 부어오르고, 손목의 욱신거림도 심해졌다. 정말 안 되는 걸까. 몸이 약해지니 마음도 약해져 자꾸만 눈물이 날 것 같았다. 10시면 암장이 문을 닫는데, 이미 9시 50분을 넘어 가고 있었다. 이제는 말해야 했다. 더 할 것인지 말 것인지.

그때였다. 센터장님이 큰 소리로 외쳤다.

"참미 저 문제 풀면 오늘 내가 치킨 쏜다!"

갑자기 사람들의 시선이 한꺼번에 내게로 쏠렸다. '으아, 부담스러워'라고 생각하다가, 문득 센터장님도 친구들도 나를 기다려 주고 있다는 사실을 깨달았다. 꼭 성공하는 모습을 보고 싶은 게 아니라, 포기든 계속 도전이든 내가 스스로 결정을 내릴 때까지 기다려 준 것이다. 그 마음을 알아차리자 그들의 기다림이 헛되게 하고 싶지 않았다. 머릿속에서 '혹시 또 실패하면…'이란 말이 떠올랐지만, 그건 그냥 묻어 두기로 했다. 그 순간엔 '무조건 간다' '가야만 한다'는 마음밖에 들지 않았다.

심호흡을 하고 초크 백을 찾았다. 그러자 진한이 다가와 말했다.

"참미, 기다려 봐라. 그거 바르지 말고 이거 발라라."

"이게 뭔데?"

진한이 건넨 건 조그마한 튜브형 초크였다.

"이거 액체 초크다. 손에 딱 바르고 가라. 이거 바르면 무조건 성공한다."

그러자 주변에서 너도나도 한마디씩 보탰다.

"저거 진한이가 대회 나갈 때만 쓰는 거잖아."

"언니, 부담 갖지 말고 그냥 해요. 못 풀어도 치킨 먹으러 가면 되지. 내가 살게!"

"그래 그래. 파이팅! 가자 가자!"

한껏 비장해진 나는 어쩐지 이번 시도가 마지막임을, 실패란 선택지가 없는 마지노선에 서 있음을 알았다. 스타트 홀드에서 큰 숨을 고르고선, 꾹꾹 하나씩 발 자리를 밟으며 앞으로 나아갔다. 그리고 마의 구간에 다다르자 피니쉬 홀드로 냅다 손을 뻗었다. 순간적으로 발이 버티지 못하고 공중에서 휘적거렸지만, 오른손이 홀드에 착 감겨서 몸을 지탱해 주었다. 그러자 회전하던 몸이 이내 중심을 잡았고, 나는 양발을 뻗어 안전한 자리에 놓은 뒤 왼손을 오른손 위에 포갰다. 그 순간 나는 지금껏 들어 본 중에 가장 큰 응원과 환호 소리를 들을 수 있었다.

"와아아아아아아!"

"미쳤다! 소름 돋았다!"

친구들의 함성을 뒤로하고 피니쉬 홀드에서 손을 떼자 주체할 수 없이 눈물이 났다. 주위를 둘러보니 인경이 영상을 찍으며 울고 있었다. 진한은 "이게 다 초크 덕분"이라고 너스레를 떨며 누구보다 기뻐해 주었다. 바닥에 주저앉아 있는 내게 조용히 다가온 고은 언니가 하이파이브 하듯 손을 내밀었다. 파르르 떨리는 내 손을 언니의 손바닥 위에 포개자 이 모든 상황이 실감이 났다. 포기하지 않고 내가 여기로 왔구나 하고. 지금 새겨진 성공의 감각은 절대로 잊히지 않을 것임을 직감할 수 있었다.

예원은 센터장님을 향해 "쌤이 빨리 치킨 쏜다고 했어야 참미 언니가 더 빨리 문제를 풀었을 것 아니냐"라며 큰 소리로 웃었다. 그제야 센터장님이 한마디를 던졌다.

"자, 이제 가자."

모두가 예상치 못한 회식에 들떠 있는 동안, 나는 고개를 들지 못하고 하염없이 눈물을 쏟았다. 그건 어떤 억울함 때문이기도, 고마움 때문이기도 했지만, 무엇보다 미안함 때문이었다. 자신에게 너무나 가혹했던 지난날에 대한 미안함. 그리고 대견함 때문이기도 했다.

7월 15일의 성공 영상은 볼 때마다 눈물이 난다. 100번을 보면 100번 다 울 수 있을 것 같다. 그날을 떠올리며 슬픔 없이 오직 기쁨으로 가득한 눈물을 흘리는 지금의 나는 지난날의 나와 얼마나 다르고 새로운

사람인지. 이제 나는 어떤 의미로든 이전의 나로 돌아
갈 수 없을 것이다. 문제를 풀기 이전과 이후의 내가
완전히 달라졌음을 깨닫자, 지금 이곳에 있는 내가 너
무나 반가웠다. 모두가 내 성공을 핑계 삼아 장모님
치킨에 모여 웃고 떠들던 그날, 나는 다시 태어났다.

휘파람 불듯, 콧노래 하듯

일요일 낮 12시를 갓 넘긴 시간. 허기는 밀려오는데 몸은 나른해서 밥상을 차릴 마음이 들지 않았다. 딱 오늘 같은 주말 점심이면 엄마는 종종 수제비를 끓이곤 했다. 큰 들통에 마른 멸치를 한가득 넣고 진하게 우려내면 온 집안에 육수 냄새가 퍼졌다. 엄마가 수제비 재료를 손질하는 동안, 우리 남매 중 한 사람은 엄마가 미리 어느 정도 치대 놓은 밀가루 반죽을 기계적으로 둥글렸다. TV 앞에 앉아 손으론 열심히 반죽을 만들면서 눈으로는 〈출발! 비디오 여행〉이나 가족 예능 프로그램을 좇던 일요일의 한때. 이상하리만치 그때 먹던 얇게 저민 수제비가 먹고 싶은 오후다.

이따금 멸치 육수에 대한 향수가 밀려오면 방문하게 되는 치트키 같은 가게가 있다. 가게 이름은 '안집'. 자주 가진 않지만 일 년에 한 번은 잊지 않고 방문하는 곳이다. 메뉴는 간단하다. 칼국수, 수제비, 부추전. 딱 세 개다. 가격도 어찌나 저렴한지 작년까진 칼국수와 수제비가 무려 4천 원이었다. 올해 원재료 값이 상승해서 그나마 5천 원으로 올랐지만 여전히 흔히 볼 수 없는 가격이다. 그럴듯한 외관은 아니지만, 그래서인지 손님들은 기대도 부담도 없이 안집에 온다. 몇 개 없는 메뉴 덕에 큰 고민 없이 주문을 하고, 음식이 나오면 금세 훌훌 먹고선 다음 손님에게 자리를 내준다. 음식은 전부 뜨거운 것들인데 테이블 회전만큼은 선들선들하게 잘 되는 곳. 안집은 크게 기다리지도, 오래 머물지도 않는 식당이다.

일요일 점심시간의 가게는 유난히 더 분주한 모습이었다. 입구 가까이에 남은 자리에 착석하자 한 아주머니가 물을 가져다 주었다. 서빙을 마친 아주머니는 주방에 있는 주인아주머니와 짧게 대화를 나누더니 이내 손 인사를 하고는 밖으로 나갔다. 일을 하기엔 옷차림이 불편해 보인다 했더니 손님이었던 모양이다. 물을 따라 마시며 벽에 붙은 메뉴판을 응시했다.

역시 수제비를 먹어야겠지. 주문 타이밍을 엿보다가 주방에서 나오던 사장님과 눈이 마주쳤다. 주문 접수를 알리는 사장님의 짧은 눈짓 뒤로, 오늘 서빙 알바가 나오지 않는 날이라 미안하지만 김치와 간장을 직접 가져다 먹으라는 말이 따라왔다.

김치를 접시에 담으며 사장님에게 알바가 왜 안 나왔느냐고 물었다. 사장님은 껄껄 웃으며 "교회 가는 날이라고 일요일마다 안 나온다 아입니꺼" 하고선 다시 가스 불 앞에 섰다. 그리고 이내 멜로디를 섞어 "그럼~이제~는 뭘~하면 되~나" 하고 흥얼거렸다. 어라, 사장님. 지금 노래하실 타이밍이 아닌 것 같은데요. 주문이 밀려 초조한 건 저뿐인가요? 손님인 내가 외려 사장님의 분주함을 염려하고 있는 상황. 그러나 정작 사장님은 걱정 하나, 짜증 하나 없이 콧노래를 흥얼거리며 수제비를 끓였다.

담아 온 김치를 한 조각 우물거리며 주변을 살폈다. 어쩐지 손님들도 하나같이 느긋해 보였고, 가게에 흐르는 공기마저 어린 시절 일요일 오후에 느끼던 여유로움을 담고 있었다. '그래, 이런 분위기를 원해서 수제비를 먹으러 왔던 거지. 특별한 일정도 없으면서 난 왜 그리 가슴을 졸였을까. 누가 쫓아오는 것도 아닌데.'

오랜만에 먹은 수제비는 역시나 맛이 좋았다. 국물을 호로록 마시며 곁눈질을 하니, 아주 빠르게는 아니어도 너무 오래 기다린다는 느낌이 들기 전에 각 테이블 위로 수제비가 안착했다. 주방은 여전히 분주해 보였지만, 사장님은 당황하지 않고 맡은 일을 해 나갔다. 서빙과 요리, 그리고 뒷정리까지. 이 공간은 사장님이 움직이는 속도에 따라 흘러가고 있었다. 누구 하나 종종거리는 이가 없어서일까. 나 역시 그 속에 녹아들어 느긋한 점심을 즐겼다.

성미가 급한 건 내 오랜 콤플렉스 중 하나다. 바꿔 보려 노력하지만 잘되지 않아서 반쯤 포기한 단점. 후회했던 일들을 되짚어 보면 그 원인이 급한 성격 때문인 경우가 많았다. 클라이밍을 시작한 후 일 년 가까운 시간 동안 나를 가장 힘들게 했던 것 역시 실력이 빨리 늘지 않는다는 느낌이었다. 암장에 등록함과 동시에 나는 빠르게 어떤 지점까지 도달하고 싶었다. 구체적으로 어디로 가고 싶은지, 무엇에 닿고 싶은지는 설명하기 어려웠다. 그냥 마음이 급했다. 몸이 하는 일은 결코 채근해서 될 문제가 아님에도 오래된 기질은 잘 제어되지 않았다.

처음 두 달간의 초급 강습 기간에는 함께 수업을 듣는 수강생들과, 그다음엔 가까운 여성 회원들과 나의 실력을 비교했다. 시간이 조금 흐르자 저울질의 대상은 성별과 나이를 가리지 않았다. 매번 성장할 수 없다는 걸 알면서도 나는 늘 조바심이 났다. 매일같이 불편하게 바쁜 마음이 이어졌다. '빨리 이 볼더링 문제를 풀어야 하는데.' '다른 친구들은 이미 지구력 문제를 다 끝냈는데 난 왜 여태 여기까지밖에 못 왔을까.' 자책하며 돌아오는 밤이 많아졌다.

취미가 일상이 될 때, 좋아서 시작한 일이 관성이나 습관으로 접어들 때면 필연적으로 바쁜 마음과 마주쳤다. 그때마다 나는 성장에 집착하거나 포기하는 것 중 한 가지를 택했는데, 집착보단 포기가 당연히 더 쉬웠으므로 대부분 아쉽지만 좋아하는 마음을 접는 쪽을 선택하곤 했다.

계단식 성장 과정에서도 초반에 만나는 계단은 비교적 빠르게 오를 수 있다. 하지만 어느 지점에 이르면 버티고 견디는 시간은 길어지고 성장의 기쁨은 찰나로 지나가고 만다. 클라이밍도 마찬가지였다. 모든 배움이 새롭던 시절, 그때도 나름의 번뇌와 고민이 있었지만 어쨌든 성장하고 있다는 감각만큼은 유지할 수 있었다. 그러나 타인과의 비교가 거듭되고 자신과의 싸움에서도 번번이 지다 보면 뭔가 단단히 잘못됐다는 생각이 들었다. 그렇지 않고서야 왜 나만 성장하지 않는 것이냐며. 약해 빠진 내 몸이, 좀 더 치열하지 못한 정신이 잘못이라 여겨졌다. 과연 그랬을까. 잘못이라 부를 만한 것이 존재하긴 했을까.

육체적으로든 정신적으로든 성장만을 바라고 클라이밍을 한다면 결국엔 한계점을 마주하게 된다. 누구라도 무한히 성장할 수는 없으니까. 당연한 사실인데도 자주 잊거나 외면하며 산다. 적당한 속도란 무엇일까. 마음이 동요하지 않으려면 얼마나 단단한 뿌리가 필요한 걸까. 그때의 나는 알 수 없었다.

이런 생각에 사로잡혀 있던 어느 날, 암장에서 인경과 대화를 나누다 이상한 점을 하나 발견했다. 인경은 아까부터 비슷한 노래가 너무 자주 나오는 것 같지 않냐고 물었다. 암장에는 센터장님의 취향에 맞춰 최신 히트곡과 흘러간 인기 가요 사이의 어디쯤에 있는 음악들이 반복해서 나오는데, 인경에 의하면 어떤 노래는 그 주기가 너무 짧아서 한 시간에 세 번은 듣는 것 같다고 했다. 나는 친구들과 떠드느라 잘 몰랐지만,

감각이 발달한 인경은 그게 신경이 쓰였던 모양이다. 게다가 특정 노래만 나오면 센터장님이 휘파람으로 따라 부르는데 음정이 하나부터 열까지 다 틀린다고 했다. 센터장님이 휘파람을 분다고? 그런 소리를 들어본 적이 없는데? 나는 둔해도 너무 둔했다.

인경의 얘기를 듣고 나서야 암장에 흘러나오는 음악이 귀에 꽂히기 시작했다. 우연인지, 조작의 미숙함 때문인지 정말로 이무진의 〈신호등〉이 다른 노래들보다 더 자주 반복되어 나왔다. 그리고 "붉은색 푸른색 그 사이 3초 그 짧은 시간"이라는 가사가 나올 때면 어김없이 센터장님이 휘파람을 불었다.

알고 보니 '휘파람 부는 사나이' 센터장님은 이 노래만이 아니라 다른 노래에도 종종 휘파람을 불었다. 자꾸 음정을 미묘하게 틀리면서 말이다. 강습을 하다 말고도 휘파람을 불었고, 때론 회원들의 요청에 따라 어떤 무브를 보여 주는 순간에도 홀드를 잡고 휘파람을 휘휘 불었다. 그러고는 여유 있는 몸짓으로 피니쉬까지 도달한 뒤 무슨 일이 있었냐는 듯 슬그머니 컴퓨터 앞으로 갔다.

고수들은 다 그런가. 모든 일을 휘파람 불듯, 콧노래 하듯 스리슬쩍 해내 버리는 걸까. 아주 신나는 일에만 콧노래와 휘파람이 따라오는 건 아닌가 보다. 주어진 일을 조바심 없이 해내는 사람들에겐 어떤 비밀 무기 같은 게 있는 걸지도.

우리는 종종 생각으로 감정을 만든다. 즐겁게 할 수 있는 일인데도 괜한 상상으로 불안을 만들어 내기도 한다. 그래서 반복과 훈련, 그 결과로 생겨나는 익숙함이란 생각에 흔들리지 않는 믿음직한 방어막을 쌓는 일이다. 기분이나 생각에 흔들리지 않는 심지를 갖는 것. 얼마만큼의 시간과 자기 확신이 있어야 그곳에 도달할 수 있을까.

우리에게 주어진 삶을 기쁜 마음으로 마주하기 위해선, 빨리 잘하고 싶다는 마음보단 춤추듯 여유롭게 즐기는 마음이 필요하다. 그렇게 익숙해지다 보면 언젠가 나를 초조하게 만드는 것들 앞에서도 콧노래와 휘파람을 불 수 있는 날이 오겠지. 일단 휘파람 부는 법부터 배워야겠지만.

한 평짜리 요세미티

나는 책방 주인이다. 처음 만나는 이들에게 자기소개를 해야 하는 자리에 가면 조금 겸연쩍은 얼굴로 말한다. "안녕하세요. 저는 창원에서 작은 책방을 하고 있습니다." 그리고 꼭 자신 없는 목소리로 덧붙인다. "음, 그렇다고 제가 책을 그렇게 많이 읽는 편은 아닌데요. 어쩌다 보니 그렇게 됐습니다" 하고.

그런 어정쩡한 소개가 끝나고 나면 따라오는 반응은 대개 두 가지다. 책에 둘러싸여 여유로운 미소를 짓는 얼굴을 상상하거나, 반대로 먹고살기 빠듯하고 조금은 고단한 삶을 사는 사람을 떠올리거나. 다른 이들의 기대와 상관없이 이 직업에 대해 스스로 어떻게 생각하냐고 묻는다면 내 대답은 언제나 같다. 나는 직업을 책방 주인이라고 말할 수 있는 지금의 내 모습이 무척 마음에 든다.

경제적인 면에서 보자면 당연하게도 회사에 다닐 때보다 생활은 훨씬 더 빠듯하다. 하지만 돈으로 환원할 수 없는 시간과 사람들, 그 덕분에 얻게 된 크고 작은 즐거움을 떠올리면 책방 주인으로서의 삶은 기쁨으로 더 기운다. 낡고 허름한 건물 한편에 딸린 공간이지만, 이곳은 내 손으로 가꾼 작고 고요한 세계다. 내가 좋아하는 것들로 채운 이곳에서 책과 삶을 사랑하는 사람들을 만나고 이야기를 나눌 수 있다는 것이 얼마나 큰 축복인지. 거기에 따라오는 이런저런 어려움도 내가 한 선택의 일부라고 생각하면 그럭저럭 받아들일 수 있다.

책방을 하다 보면 종종 좋아하는 일을 업으로 삼는 것에 대해 고민하는 분들을 만나게 된다. 내 경우는 책과 책방을 좋아하긴 했어도 그 이유만으로 이 일을 선택한 건 아니었다. 약간의 우연과 취향이 만나 도착한 곳이 여기였을 뿐, 오히려 좋아하는 일을 직업으로 갖는 것에는 언제나 회의적인 편에 가까웠으니까. 모르고 시작할 순 있어도 알면서 그걸 하겠다고 결심하는 건 슬픈 결말을 알면서도 시작하는 사랑이 아니려나.

그럼에도 불구하고 그런 사랑을 하는 사람을 알고 있다. 바로 우리 암장의 수장인 센터장님. 내가 아는 사람 중 클라이밍을 가장 오래 한 사람이자, 그야말로 좋아하는 일에 자신의 가장 빛나는 시절을 털어 쓴 사람. 그걸로도 부족해 그 일을 직업으로 삼은 사람.

홀드로 덮인 암벽 맞은편, 센터장님의 사무 공간에는 높은 책장 두 개가 놓여 있다. 직업병인지 모르겠지만, 나는 누군가의 책장을 보면 그냥 지나치지 못한다. 책장에 꽂힌 책들이 마치 그 사람 같아서, 혹은 내가 모르는 상대의 내밀한 면을 말해 주는 것 같아서다. 그렇게 책장을 엿보던 나를 눈치챘는지, 운동을 마치고 집에 가기 전 잠깐 친구들과 모여 있는 내 앞으로 센터장님이 불쑥 책 한 권을 내밀었다.

"이게 뭐예요. 쌤?"

"그냥 내가 보던 건데. 참미 책 좋아하니까 한번 읽어 봐라."

"우와, 감사합니다. 엄청 두껍네요?"

센터장님이 건넨 책은 양장으로 된 만화책이었는데 그림이 무척 훌륭했다. 그림을 그리며 작가로 활동

했던 클라이머의 일대기가 담긴 책이라 공감도 되고 재미있을 것 같았다. 누군가에게 책을 추천받는 일이 오랜만이라 들뜬 마음으로 주위에 있던 친구들에게 자랑을 했다.

"이거 봐라. 쌤이 나한테 책 빌려주셨다."

신나는 목소리로 말하는 나를 보고 진한이 말했다.

"아, 그거 별로 재미없다."

"어? 진한이 벌써 읽었어?"

"당연하지. 원래 쌤이 다 한번씩 빌려준다."

"뭐야, 그런 거야? 난 또 나한테만 특별히 빌려주신 줄?"

딱히 서운한 건 아니었는데 말끝을 내리는 내가 신경 쓰였는지, 센터장님은 다시 황급히 책장을 뒤적였다. 그러더니 손바닥만 한 문고판 책 한 권을 꺼내 왔다.

진한도 처음 보는 그 책은 1994년에 출간된 클라이밍 에세이로, 색이 바래다 못해 누런빛을 띠고 있었다. 다행히 투명 아크릴 커버로 쌓여 있어 표지와 본문은 비교적 깨끗했다. 갑자기 읽을 책이 두 권이나 생겨 기뻐해야 할지 부담스러워해야 할지 싶은 마음으로 책장을 넘기다가, 안쪽에 끼워져 있던 사진 한 장을 발견했다. 무려 20년 전 센터장님의 사진이었다.

"오. 여기 이거, 금정산 무명 릿지네?" 사진을 보자마자 고은 언니가 말했다. 아니, 다 똑같은 바위인데 사진만 보고 여기가 어딘지 안다고? 말도 안 된다며 묻는 내게 고은 언니는 "자주 가는 바위니까 당연히 알지. 너도 나가 보면 바로 알게 되어 있단다"라는 어르신 같은 대답을 했다.

"와, 쌤 젊은 거 봐라. 어리다 어려." 진한이 큰 소리로 말했다. 센터장님도 책에 그 사진이 끼워져 있는 줄은 몰랐던 모양인지, 슬쩍 다가와 사진을 확인했다. 어느덧 40대의 끝자락을 달리는 센터장님은 잊고 있던 기억 앞에 반가운 미소를 짓더니 이내 추억에 설핏 잠기는 듯했다. 내가 모르는 20년 전 그의 인생에도 여전히 존재하고 있었을 클라이밍을 떠올리자, 누군가의 인생에서 좋아하는 마음이 갖는 힘이란 얼마나 크고 센 것인지 새삼스레 실감하게 됐다. 그리고 감소하는 체력과 추억으로부터 멀어지는 시간에도 굴하지 않고 그 마음을 계속 간직해 왔다는 사실에 어떤 뭉클함이 일었다.

그렇게 고은 언니와 나, 센터장님이 아련한 감상에 잠기려는 순간, 정적을 깨는 진한의 한마디가 들렸다. "이런 거 다 필요 없다. 참미야, 진짜 돈 되는 거 있제?

그거는 센터장님이 다 숨겨 놨다 아니가. 진짜 보물은 따로 있다." 그러자 고은 언니가 웃으며 말했다. "하긴 그렇지. 진짜 좋은 건 저기 쪽문 안에 있잖아."

두 사람의 손은 그간 내가 한번도 유의해서 보지 않았던 쪽문을 가리켰다. 수도 없이 방문한 암장인데 그곳에 작은 문이 있다는 사실조차 몰랐다. 궁금하긴 하지만 선뜻 열어 달라고 말하기는 어려워하고 있던 참에, 어쩐지 신난 어린아이마냥 웃던 센터장님이 딱 한마디를 하고선 문을 활짝 열어젖혔다.

"여기가 바로 내 요세미티의 역사지."

한 평도 채 되지 않을 것 같은 공간에 클라이밍 장비가 빼곡히 들어차 있었다. 요세미티 암벽 틈에 끼웠다는 캐머롯, 자일, 퀵도르 등 자연 암벽의 경험이라곤 고작 한 번뿐인 내겐 이름도 생소한 장비들이었다. 자신의 목숨을 지켜 줬을 그들을 대하는 센터장님의 눈빛이 그 시절 젊고 활력 넘치던 청년의 눈으로 돌아가고 있었다.

조명 하나 없는 좁은 방에 한 사람의 인생의 역사가 있다. 한 평짜리 작은 공간이지만 이미 그곳에 자신만의 요세미티가 있기에, 센터장님은 구태여 다시 먼 곳을 찾아가지 않아도 괜찮을 것 같았다. 어떤 것은 그리워하는 마음에 기대어 영원히 존재하게 된다. 책방도, 암장에 선 이 순간도 내 인생의 역사가 되려나. 물리적인 시간과 공간은 사라질지 몰라도, 마음 한편에 남아 있는 한 그것은 언제든 다시 존재할 수 있다.

그런 점에서 좋아하는 마음이 이끄는 삶이란 낡지도 바래지도 않는다. 현재에서 과거로 시간을 거슬러 올라가는 얼굴에 번지던 미소, 젊은 센터장님의 얼굴과 지금 그의 웃는 얼굴이 여전히 같다는 것을 볼 수 있던 그 밤. 두 개의 얼굴은 내게 어떤 격려와 위안을 남기며 흘러가고 있었다.

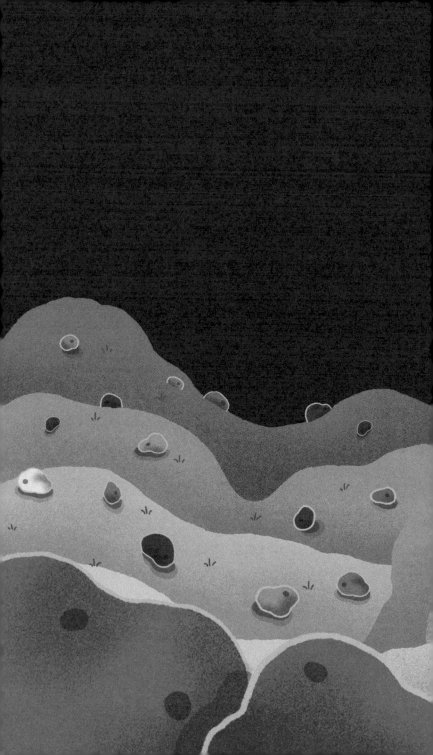

끝날 때까진 끝난 게 아니다

슬픔을 나누면
기쁨이 되기도

혼자 저녁을 챙겨 먹으며 운동 갈 준비를 하고 있
는데 전화가 걸려 왔다. 입 안에 있는 밥을 넘기지도
않은 채 통화 버튼을 눌러 전화를 받았다. "응, 엄마."
우물거리는 내 목소리가 잘 들리지 않는지 엄마는 곧
장 대답하지 않았다.

"참미야. 큰일 났다."

조금 높은 톤, 고르지 못한 숨소리. 무슨 사고라도
난 것일까. 떨리는 호흡 탓인지 엄마의 언성은 점점
높아지고 떨리는 듯했다.

엄마는 눈이 불편해 며칠 전에 안과에 다녀왔다고
했다. 가벼운 염증이라 먹는 약 몇 알과 눈에 넣는 약을 처방받아 왔다고. 그런데 사흘이 지나도록 별 차도를 보이지 않다가, 오늘 갑자기 눈에 검은 물체가 일렁이기 시작했단다. 덜컥 겁이 난 엄마는 진료 마감 시간이 다 되어 부랴부랴 다시 안과에 갔고, 긴 검사 끝에 급격한 안구 괴사 반응이 일어나고 있으니 내일 아침 날이 밝으면 당장 대학 병원으로 가라는 말을 들었다는 것이다. 잔뜩 격앙된 채 10분 넘게 같은 말을 반복하는 엄마는 두려움에 반쯤 얼이 빠진 것처럼 보였다.

"무슨 말인지 이해했어. 일단 내가 아침에 데리러 갈 테니까 최대한 일찍 같이 병원 가 보자. 그것 말고는 지금 할 수 있는 게 없잖아. 엄마, 진정 좀 해."

내 언성도 덩달아 높아져 간다는 걸 알았지만 솟구치는 짜증을 가라앉히기가 쉽지 않았다. 엄마는 평소에도 과장되게 말하는 경향이 있다. 지금 큰일이라고 하는 것도 그런 호들갑 아닐까. 반쯤은 그렇게 생각하면서도 불안한 마음이 슬그머니 고개를 들었다.

통보하는 듯한 말투로 전화를 끊고 나자, 먹던 밥으로 다시 손이 가지 않았다. 밥그릇을 치우며 통화할 때 나왔던 단어들을 하나씩 떠올려 보았다. 괴사, 실명, 응급. 정말로 눈이 보이지 않는 거면 어떡하지. 조금 전

엄마의 불안이 온통 내게로 옮아 온 것인지, 이대로 집에 혼자 있다간 나쁜 생각만 커질 듯했다. 그렇다고 지금 엄마를 만나러 가는 것 역시 좋은 선택은 아닐 텐데. 어디로 가야 할지 모르는 내게 떠오르는 곳이라고는 역시나 암장뿐이었다.

　대충 옷을 챙겨 입고 차 시동을 걸자, 얼마 지나지 않아 눈물이 터졌다. 암장 앞에 도착했지만 쉽게 발걸음이 옮겨지지 않았다. 과연 이대로 센터에 들어가는 게 맞나 싶게 얼굴은 이미 엉망이었다. 지하 계단을 내려가자 강습생 몇 명과 센터장님, 진한과 정민 오빠가 운동을 하고 있었다. 평소와 다른 내 얼굴을 눈치챈 정민 오빠는 반갑게 흔들던 손을 내리기도 전에 물었다. "참미야, 울었어? 왜! 무슨 일 있어?"

　그러자 사람들의 시선이 내게 집중됐다. 이런 관심, 받을 때마다 어색하고 피하고 싶은 것이었는데, 당장은 무엇보다 간절한 것이기도 했다. 엄마 이야기를 하고 나서 친구들 얼굴을 보자 모두 팔자 눈썹을 하고서 근심 어린 표정을 짓고 있었다. 자기 할머니도 백내장이 있으셨다며 일단 서울의 큰 병원으로 가는 게 제일이라는 진한부터, 창원 근처 대학 병원들을 줄 세우며 어디는 어떤 진료가 유명하고 뭐가 별로라는 다른 친구들까지, 다들 자기가 아는 선에서 해결책을 찾아 주려고 했다. 내 걱정을 자기 것처럼 여기며 고민해 주는 이들이 고마워서 가슴이 뻐근했다.

그때 누군가와 한참 통화를 하던 정민 오빠가 다가와 말했다.

"참미야, 지금 어머님한테 전화해서 진단서상 병명이랑 받은 정보들 좀 여쭤 봐."

"지금요? 그건 갑자기 왜요?"

"여자 친구가 대학 병원 간호사잖아. 그것 먼저 알아봐 달라고 하네."

3년 가까이 암장에 다니면서 정민 오빠 여자 친구를 직접 만난 건 두어 번쯤 되었을까. 종종 두 사람의 연애담을 듣곤 했지만 그저 귀여운 커플이라 여겼을 뿐, 여자 친구의 직업까지 궁금해하진 않았다. 그렇게 인사만 나눈 사이였던 선희 씨는 정민 오빠의 설명을 듣고 그 즉시 간호사 친구들을 수소문해 대학 병원 예약 방법과 안과 진료를 위해 필요한 것 등을 알려 주었다.

내일 아침이면 예약된 병원으로 바로 갈 수 있는 상황에 이르자 비로소 안심이 되었다. 친구들은 다시

금 별일 없을 거라며, 어머니 모시고 잘 다녀오라는
격려의 말을 전했다.

그날 정민 오빠는 클라이밍을 하나도 못 했다. 선
희 씨 역시 근무 중 잠깐의 쉬는 시간을 우리 엄마의
병원 예약을 위해 동동거리며 보냈다. 그 순간만큼
은 정민 오빠가 암장 친구가 아닌, 암장에서 만난 식
구 같았다. 어쩌면 지난 몇 달간 내가 기댔던 건 홀드
가 아니라 사람이었던 걸까. 어떤 것도 예측할 수 없
는 게 삶이라는 상투적인 말을 온몸으로 체감하던 그
날, 하룻저녁에 널 뛰듯 슬픔과 기쁨을 넘나드는 가운
데 의지할 수 있는 친구들이 있다는 사실이 새삼스럽
게 감사했다.

다시 제자리로

클라이밍이 시들해진 것은 엄마가 병원에 입원한 이후부터다. 사실 클라이밍 자리에 무엇을 가져다 놓아도 앞선 문장은 성립한다. 일도, 사람도, 어느 것 하나 마음에 위안 되는 것이 없었다. 언젠가 사람에겐 하루에 쓸 수 있는 에너지의 양이 한정되어 있다는 말을 들은 적이 있다. 그러니 불필요한 일에 에너지를 쓰지 않고, 중요한 결정이나 해야 하는 일이 뒤로 밀려 나지 않게 하는 것이 중요하다고. 나는 하루치 에너지의 총량을 엄마에게 쏟아부었다.

어쩌면 그 시기에 나한테 가장 필요했던 건 클라이밍이었다는 걸 너무 늦게 깨달았다. 아무 근심 없이 웃고 떠들고, 가쁜 숨을 내쉬며 생각을 비워 내는 시간이 그 어느 때보다 간절했으니까. 당시에는 그런 스스로의 상태를 돌아볼 여유도 없었던 모양이다.

그해 겨울은 매일이 똑같은 하루의 반복이었다. 아침에 일어나 8시면 엄마가 있는 대학 병원에 갔다. 외래 진료가 시작되기 전에 입원 환자를 대상으로 한 진료를 받고 검사 결과를 듣기 위해서다. 검사가 끝나면 병실로 올라가 엄마를 씻기고 약을 챙긴다. 눈에 넣는 약은 총 네 가지. 30분마다 울리는 알람에 맞춰 약을 넣고 링거를 교환하면 금세 병원 점심 밥이 들어왔다. 식사 후엔 엄마의 당 수치가 올라가지 않도록 병동 산책을 했는데, 엄마는 입원 생활 중 이 시간을 가장 좋아했다. 잠시 바깥바람을 쐬고 나면 다시 오후 진료를 위한 준비 시간. 검사로 피로해진 엄마가 낮잠을 청하면, 나는 책을 읽거나 휴대폰을 들여다보며 시간을 때우다가 저녁 밥이 들어올 때쯤 집으로 돌아왔다. 고양이 화장실 청소를 하고 대충 저녁을 챙겨 먹으면 에너지는 이미 고갈 상태. 평소와 다른 생활 패턴 때문인지, 마음의 허기 때문인지 고칼로리 음식과 커피 없이는 하루가 마무리되지 않았다.

고양이 화장실 청소를 제외하고는 내가 일상이라

고 믿던 것들로부터 완전히 동떨어진 시간을 살았다. 삶이 우리의 바람대로 흘러가지 않는다는 건 일상이 순조로울 땐 알지 못한다. 오직 슬프거나 힘든 일이 닥칠 때에야 비로소 그 사실이 생생한 감각으로 다가 온다. 행복하고 좋았던 일, 일상에 차고 넘치던 즐거움 은 당연한 것처럼 누렸으면서, 어째서 교만하게도 앞 으로 닥칠 불행은 남의 일처럼 생각했던 걸까.

그때 나는 숨 쉬듯 기도한다는 말의 의미를 경험 으로 깨달았다. 엄마의 눈이 씻은 듯이 낫게 해 달라 는 기도는 너무 큰 바람인가 싶어 차마 꺼내지도 못했 다. 그저 매일 중얼거리듯 바랐던 한 가지는 우리 가 족이 그 시간을 지치지 않고 보내게 해 달라는 것. 그 래서 이 고비를 무사히 지나 다시 평범한 일상으로 돌 아가게 해 달라는 것뿐이었다. 자칫하면 낙담으로 기 울 만한 상황을 담담히 끌어안을 수 있었던 건 그간 클라이밍이 준 용기라는 선물 덕분이었다. 지나친 낙 관도, 비관도 하지 않고 주어진 현실을 버티는 것만이 지금 내가 할 수 있고 해야만 하는 일임을 기억하려 애썼다.

다행히 모두의 염려와 엄마의 씩씩함, 그리고 약간 의 기적으로 엄마는 몇 달 만에 퇴원했다. 전에 비하면 비극이라 여길 만한 일들이 여전히 남아 있었지만 그 무렵에 가선 그 모든 게 별것 아닌 일 같았다.

통원 치료를 이어가던 어느 날, 진료를 마치고 엄마와 간단히 점심을 먹은 뒤 화장품 가게에 들렀다. 필요한 것을 장바구니에 담다 보니 네일 케어 용품 진열대 앞에 서게 됐다. 총천연색의 화려한 네일 컬러들을 보는 순간 클라이밍 홀드가 떠올랐다.

'암장 안 간 지도 진짜 오래됐네. 친구들은 잘 있을까? 겨울인데 다들 부상당하지 않게 스트레칭은 열심히 하고 있으려나.'

그리움은 그렇게 아무 연관 없어 보이는 것에서도 생겨 날 수 있는 것이었다.

클라이밍을 하기 전, 나는 스스로를 흐릿한 사람이라 여겼다. 줏대도 없고 특기도 없는, 수식어를 붙이자면 '평범한' 정도가 될 것 같은 무채색의 인간. 그런 내게 클라이밍은 선명한 홀드의 색깔만큼이나 명확한 성격의 행위였다. 건조한 손으로 색색의 홀드를 잡을 때면 종종 그런 생각을 했다. 홀드를 잡고 있는 이 순간만큼은 '나'라는 사람의 고유한 색이 또렷해지고 짙어지는 것 같다고. 그렇게 나도 몰랐던 내 모습을 만나는 일이 반갑고 좋았다. 여전히 자주 혼란스럽고 희미한 날들도 많지만, 홀드 앞에 설 때마다 나다움을 찾아가고 있다는 믿음만큼은 확실했다.

고작 한 계절이 지났을 뿐인데, 그 믿음으로부터 너무 멀어져 버린 건 아닐까. 돌아가서 다시 시작할 수 있을까. 그런 생각과 함께, 내 손이 조금 보드라워졌음을 알았다. 짧다면 짧고 길다면 긴 시간 동안 홀드를 잡으며 건조하고 단단해졌던 손이 다시 예전처럼 만질만질했다.

엄마를 집에 데려다주는 길에 더 이상 히터를 틀지 않아도 괜찮을 만큼 기온이 올랐다는 걸 느낄 수 있었다. 한 계절이 지나고 다시 일상이라 믿고 싶은 것들이 있는 자리로 돌아온 것이다. 아픈 엄마를 돌보았듯 이제는 나의 시든 일상을 들여다보고 가꿔야 하지 않을까. 엄마의 입원과 함께 다시 돌아가고 말았던 내 흐릿한 삶, 그 일상의 테두리를 문질러 다시금 선명하고 또렷한 나다움으로 채우고 싶었다. 움츠렸던 마음을 펴자 조금 걷고 싶은 생각이 들었다.

가끔 반복되는 일상이 지루하게 느껴질 때가 있다. 그러다 그로부터 조금 떨어진 어느 시점에 지나온 날들을 회상해 보면 그 지루함이 나쁜 것만은 아니었음을 깨닫게 된다. 지난겨울 동안 시간이 흐르지 않고 고여 있는 듯한 느낌이 들 때면 마음 한편이 괴로웠다. 나아가고 있다고 믿었던 삶이 다시 제자리걸음인 것만 같았기 때문이다. 하지만 버티듯 보낸 날들의 반복이 낳은 무언가가 우리를 살게 하고, 때론 더 강하게 만들기도 한다.

고은 언니와 자주 함께 걸었던 호수 공원에 들렀다. 정말로 변함없는 자연 풍경 속에 들어와 보니, 나를 둘러싼 많은 것이 변해 있었다. 내가 제자리걸음이라 생각했던 삶은 실은 아주 느리게 나아가고 있었나 보다.

예전의 나는 종종 다가오는 슬픔에 속절없이 함몰되곤 했다. 하지만 이번만큼은 나를 지키는 힘이 결국 일상의 반복에서 나온다는 것을, 그러니 조금 웅크리더라도 견디어 내면 반드시 새로운 계절이 오리란 사실을 기억하고 싶었다.

공원 벤치에 앉아 지나가는 사람들을 바라보았다. 오후 6시가 넘어도 아직 지지 않는 해와 퇴근길을 재촉하는 직장인들, 야간 자율학습을 하러 학교로 돌아가는 고등학생들. 언제 보아도 익숙하고 그래서 반가운 장면을 보며 생각했다. 반복의 한 면이 지루함이라면, 반대 면은 안정인 것 같다고. 클라이밍을 하며 반복해 온 행위와 태도가 쌓여 내 일상 궤도의 중심을 잡아 주고 있었던 모양이다. 나와의 약속에서 도망치지 않았던 시간들, 그렇게 길러진 체력과 단단한 마음이, 정말 버티기 힘든 순간에 나를 지켜 주기도 한다는 걸 알게 되었다.

시간이 흘러도 낡지 않는 마음이 있다. 언제든 그리워할 대상이 있는 사람에겐 마음만은 낡지도 늙지도 않는다. 처음과 다름없이 늘 새로운 마음으로 내가 그리워하는 곳, 진짜 나의 일상이라 부르고 싶은 곳으로 돌아가야겠다.

달빛 아래 두 사람

다시 돌아온 암장은 전과 다르게 조용한 분위기다. 회원 수가 조금 줄어든 탓도 있지만, 무엇보다 큰 소리를 내던 친구들의 빈자리가 생겼기 때문이다. 계절이 바뀌듯 암장에도 변화가 나타났다. 함께 운동하던 이들 중 상당수가 결혼이나 취업, 이사로 암장을 떠났다. 우리는 젊었고 인생에서 많은 변화를 겪는 시기에 만났으니 이별은 자연스러운 수순이 될 것을 왜 미처 예상하지 못했을까. 취미로 하는 운동은 각자의 선택지에서 때론 필수의 영역에 남기도 하고, 때론 절차도 없는 작별의 대상이 되기도 했다. 들리지 않는 목소리를 그리자 암장이 더욱 허전하게 느껴졌다.

센터 게시판을 보니 다음 주 징검다리 공휴일엔 설악산 암벽 등반을 하는 모양이다. 암장 한쪽에선 빌레이 강습이, 다른 한쪽에선 누가 운전을 하고 누가 선등을 설 것인지에 관한 대화가 이어졌다. 저마다 분주한 그들을 나는 잠시 물끄러미 바라보았다. 그런 내게 영환이 다가와 말을 걸었다. "누나도 같이 등반 가요."

영환은 상대의 대답이 '아니'일 것을 알면서도 매번 같이 가자고 말하는 사람, 그러고는 한번도 거절당한 적 없는 듯이 다시 누군가를 초대하는 사람이다. 이제 암장에서 열리는 행사에 영환이 없는 모습은 상상하기 어렵다. 20년 후의 영환을 그려 보아도 여전히 암벽에 있는 모습이 가장 먼저 떠오른다.

설악산 등반을 준비하는 영환과 센터장님, 고은 언니를 번갈아 보며 그들의 미래를 상상해 보았다. 구체적인 모양은 조금씩 달라도 그들 곁에 클라이밍이 있는 장면이 낯설지 않았다. 아니, 오히려 그들과 클라이밍은 떼어놓고 생각하기 어려운 쪽에 가까워 보인다. 그것이 계절이 여러 번 바뀌어도 여전히 이곳에 남아 있는 사람들의 공통점이었다.

어쨌든 영환이 말해 주는 '같이'는 들을 때마다 좋았다. 돌이켜 보면 그 말이 좋아서 종종 무리하고 애쓰며 클라이밍을 했던 날도 많았다. 비록 최근 내 대답이 대부분 거절에 수렴하긴 했지만. 클라이밍이 싫어진 건 아니다. 여전히 클라이밍이 좋고 클라이밍을 하는 사람들이 좋다. 그저 불같던 연애의 시작이 시간이 지날수록 익숙함과 정으로 바뀌듯 클라이밍을 향한 사랑의 '형태'가 바뀌었을 뿐. 사랑이 어떻게 변하겠나.

운동을 끝내고 지상으로 향하는 계단에 이르자 실내에선 느끼지 못한 찬 기운이 스친다. 조금 걸어 볼까 하는 마음에 차를 근처 공원으로 향했다. 그리고 내가 나온 뒤에도 여전히 암장에 남아 있던 고은 언니에게 전화를 걸었다.

"언니, 아직 암장이에요?"

"아니, 나도 지금 막 나왔어."

"저 지금 호수 공원 가는데, 같이 걸을래요?"

"그래."

군더더기 없는 대답. 언니다운 승낙이다.

호수 공원 입구에서 만난 언니는 대뜸 사탕 하나를 건넸다. "너 왠지 지금 달달한 게 필요해 보이거든." 역시나 언니다운 방식의 위로였다.

"요즘 어떻게 지내요?"

마치 퀴즈를 풀기 전 초대 손님의 근황을 묻는 진행자마냥 맥락 없는 질문을 던졌다.

언니는 어색해하는 기색 없이 대답했다.

"요즘? 재미없지."

"주어가 없네요?"

"주어 자리에 무엇이 와도 괜찮기 때문이지."

저녁 호수 공원에는 분수 쇼가 한창이었다. 유난히 크고 밝은 달이 뜬 밤, 음악에 맞춰 높이 솟구치는 물줄기가 달이 있는 곳까지 닿을 듯했다. 높이 올라가던 물줄기는 흩뿌려지듯 아래로 떨어지며 조명을 받아 붉은빛으로, 그러다 다시 푸른빛으로 바뀌었다. 떨어지는 물줄기에 일렁이는 수면을 바라보고 있으니 지금 이 순간이 마치 영화 속 한 장면 같았다. 영화 속 주인공들은 시련을 겪고 나면 금세 해피엔딩으로 접어들던데, 내 삶은 왜 시련 뒤에도 막막함만 남은 듯한 기분인지. 무탈이 다행이라 여기면서도, 딱히 재미날 것없는 단조로운 현재를 떠올리자 약간은 씁쓸한 기분이 들었다.

"언니, 요즘 암장은 어딘가 모르게 재미가 없어진 것 같아요."

"그럴 때도 있는 거지. 이것도 잠깐이야. 그러다 갑

자기 북적북적해진다? 다 주기가 있는 거야."

어떤 인생의 지혜에 통달한 사람처럼, 언니는 '이 또한 지나간다'고 했다. 언젠가 알게 된 사실인데, 이 격언은 사실 슬픈 일만이 아니라 기쁜 일에도 해당하는 말이라고 한다. 기쁨이 넘쳐 자만하기 쉬운 순간에도, 슬픔이 덮쳐 회복하지 못할 것 같은 순간에도, 삶을 지탱해 줄 문장으로 왕의 반지에 새겨졌다는 일화가 전해진다.

"그러니 결국엔 현재를 잘 살아야 해."

언니는 마치 현자처럼 말했다.

"재미없다는 문장을 주어도 없이 말하시는 분이 할 얘기는 아닌 것 같은데요?"

내 모난 대답에 언니는 피식 웃으며 최근의 일상을 들려주었다. 재미가 없다고 해서 막 사는 건 아니라고. 소소한 성취를 얻기 위해 하고 있는 노력들을 읊어 주었다. 그 노력 목록에는 매일 유산균 먹기라든가, 기념품 마그네틱의 먼지 닦기, 하루에 물건 하나씩 정리하기와 같은 소소하다 못해 사소한 일과가 포함되어 있었다. 이런 게 잘 사는 데 무슨 도움이 될까 싶었는데, 신기하게도 그런 일들을 하고 나면 하루하루 잘 살고 있다는 감각이 깨어난다는 것이다.

　자신이 무엇을 좋아하는지 확실히 아는 사람도 때론 삶의 재미를 잃는구나 싶었다. 하지만 사는 게 재미없다고 말하면서도 다시금 삶을 잘 꾸려 나가려는 힘은 대체 어디에서 나오는 걸까. 아마 고은 언니가 지구력 여왕이라서 가능한 게 아닐까. 언니는 지구력 하나는 끝내주니까. 어떤 일을 그토록 끈덕지게 해 본 사람만이 또 다른 몰입의 대상을 찾아 나설 수 있는 건지도 모른다.

　언니 말대로, 계절이 오고 가듯 모든 일에는 주기가 있다. 열정에 불타던 시간도, 왁자지껄하던 암장도 모두 지나간다. 서로 다른 속도로 클라이밍에 그리고 삶에 끌리고 멀어지길 반복하면서. 그렇기에 다시 돌아오지 않을 지금 이 순간을 온전히 기쁘게 여길 수 있고, 떠나는 이들이 있다면 새로이 만나게 될 얼굴도 있으리라 기대할 수 있다. 그러니 구태여 미래를 예측해 보려 하지 않아도, 후회 없이 지금을 잘 살아 내겠다는 마음을 가졌다면 그것만으로도 충분하다. 좋은 현재는 좋은 미래로 수렴하게 될 것을 알기에.

　얘기를 나누다 보니 어느덧 분수 쇼도 끝을 향해 가고 있었다. 고은 언니와 내가 살고 있는 지금은 우

리 삶에서 어느 페이지쯤일까. 우리는 현재를 어떤 문
장으로 남겨 두게 될까. 모쪼록 언니와 내가 심드렁함
과 열정 사이에서 균형을 잡아 가며 현재를 잘 살아

내야 할 텐데. 이상하게 마음이 바빠지는 밤이었다.

이 다리가 네 다리냐

최근 암장에서 운동을 할 때면 경사도가 심한 오버행 구간으로 가는 일에 부쩍 용기가 필요해졌다. 잘하지 못하더라도 일단 해 보는 마음으로 매달렸던 예전과 달리, 내 한계를 미리 정해 두고 초급 문제 중에서도 쉬운 것만 골라서 풀었다. 휴지기 동안 한풀 꺾여 버린 의지 탓인지 요즘 나의 클라이밍은 어딘가 모르게 '하는 시늉'에 가까운 모습이다.

그러나 이날만큼은 그런 시늉이 불가능한 상황이었는데, 암장 게시판에 초급 문제 없이 중급 문제만 출제되었기 때문이다(그래, 센터장님도 피곤하실 때가 있겠지). 초급 문제조차 버거워하는 내게 중급이란 가

당치도 않은 얘기였다. 당황스럽긴 하지만 별수 있나. 늘 그랬듯 다른 방법은 없다. 그저 해 보는 수밖에. 출제된 중급 문제는 모두 오버행 구간에 있었다. 한동안 데면데면해진 오버행 벽 쪽으로 발걸음을 옮겼다.

이날 암장에 모인 사람들은 대부분 낯선 얼굴이었다. 내가 쉬는 동안 새로 등록한 회원들인 듯했다. 그들 사이로 문득 익숙한 얼굴을 발견했다. 오랜만에 만나는 승현 오빠였다. 오빠가 평소 운동할 때 즐겨 입는 보라색 반바지가 어찌나 반갑게 느껴지던지. 내가 크게 웃는 얼굴로 다가가 인사를 건네자, 승현 오빠는 왜 이리 얼굴 보기가 힘드냐며 특유의 너스레를 떨었다. 나는 오래 쉬어서인지 문제 풀기가 여간 어렵지 않다고, 중급은 아무래도 어려운데 오늘 초급 문제가 없어서 난감하다고 슬그머니 실패의 밑밥을 깔아 두었다. 뭘 해야 할지 모르겠다는 내 말에 오빠는 중급 문제 중 가장 난이도가 낮은 문제를 알려 주었다. 만약 그마저도 어렵다면 홀드 몇 개를 추가해서 난이도를 낮춰 보라고 했다.

말로는 "그렇구나" 하면서도 나는 선뜻 일어나 홀드 앞에 서지 못했다. 그러자 주변에서도 승현 오빠가 추천해 준 문제가 가장 쉽다며, 힘들지 않게 성공할 수 있을 거라고 격려를 보냈다. 하지만 너도나도 풀었다는 그 문제는 아무리 봐도 내겐 쉬워 보이지 않았다.

운동을 하다 보면 기준이라는 것에 대해 생각하게 된다. 쉽고 어려운 것, 이건 맞고 저건 틀린 것의 기준은 무엇일까. 사람마다, 체형마다, 능력치마다 다른 기준들 속에서 어디서부터 어디까지 나를 맞춰야 하는 걸까. 애당초 보편적 기준이라는 게 존재하긴 할까?

그 문제를 쉽다고 말하며 응원하는 이들의 선한 의도는 알았지만, 그런다고 내게 어려운 문제가 갑자기 쉬워질 리 없었으므로 나는 솔직한 마음을 말했다. "쉬운 문제라고 했는데 못 풀면 두 배로 부끄러우니까 말이라도 어렵다고 해 주세요"라고. 그 말을 듣고 승현 오빠는 웃으며 정정했다. "그래 맞아. 그냥 쉽다고 말하면 안 돼. '나한테는' 쉬운 문제였다고 해야 맞는 말이지."

항상 기민하고 눈치가 빠른 승현 오빠가 내 의중을 눈치챈 모양이다. 모두에게 쉽다는 문제가 나한테만 어렵게 느껴질 때의 타격감이란 두 배로 큰 법. 놀랍게도 나는 시작부터 난관에 부딪혔다. 양손을 둥근 홀드에 포갠 상태로 벽을 따라 몸을 기울이며 발을 지면에서 떼야 하는데, 이 간단해 보이는 동작조차 벽의 기울기로 인해 몸의 무게 중심이 낮아지는 탓에 실패하고 말았다. 어렵다고 해 달라는 말에는 반쯤 농담이 섞여 있었으나, 막상 홀드를 잡고 보니 이거 정말이지 만만하게 볼 문제가 아니었다.

시작조차 못하는 내 모습에 스스로도 조금 당황했지만, 그보다 지켜보던 사람들이 더 당황한 듯 보였다. 무슨 말을 해야 할지 몰라 하는 얼굴들이랄까. 결국 승현 오빠의 제안으로 스타트 홀드를 다른 것으로 바꾸자 조금 수월하게 출발할 수 있었다. 확실히 전과는 달라진 내 움직임을 보고 승현 오빠는 격려가 될 만한 말을 고르는 것 같았다. 부끄러움은 내 몫만이 아니었던 걸까. 그 마음 씀이 고맙기도 하고 멋쩍기도 해서 먼저 말을 꺼냈다. "저 클라이밍 하는 방법 다 까먹은 것 같아요. 이렇게 초보적인 것도 어려워서 끙끙대고. 큰일이죠?"

그러자 승현 오빠는 웃으며 말했다. "아냐, 그건 네가 진짜 초보일 때를 잊어버려서 그래. 왜 개구리가 올챙이 적 생각 못 한다고 하잖아. 너는 지금 뒷다리 정도 나와 있으니까 여기 이렇게 매달릴 수 있는 거 아니겠어?"

그런 걸까. 나 정말 뒷다리 정도는 나와 있는 걸까.

"그럼 오빠는 이제 개구리예요? 올챙이 시절 기억
나요?"

"음… 나는 아직 꼬리 달린 개구리?"

우리는 삶의 기준을 자신이 아닌 타인으로, 이 세
상이 '보편'이라고 주장하는 것으로 삼고는 그것에 도
달하지 못하면 실패로 여긴다. 한때는 내가 원하는 내
모습이 온전히 내가 세운 기준에 근거한 것이라고 믿
었다. 그러나 돌아보니 나는 자신에게 맞지 않는 너무
높은 기준을 세우거나, 내 행복과는 크게 상관없는 남
의 기준에 나를 끼워 맞췄다. 그렇게 별다른 고민 없
이 수용한 기준들은 잘못된 무게 중심으로 인해 자꾸
만 내 삶을 휘청이게 만들었다. 때로는 내가 원한다고
믿는 것조차 다른 사람의 것을 욕망하면서 생겨나기
도 한다는 걸 이제는 안다.

내가 가진 게 뒷다리여서일까. 다른 올챙이들과 개
구리들을 좇아 앞만 보고 가다 보면 내게 뒷다리가 있
다는 사실을 자꾸만 잊게 된다. 자신을 알고, 자신만의
'기준'을 만들고, 무엇보다 그것을 지켜 내는 데 마음
을 쏟는 사람. 그런 사람이 되는 일이야말로 가장 중
요하고도 어려운 일일 텐데 말이다.

다시 열심을 다하다 보면 실력은 오를 테고, 그러면 언제 이런 생각을 했냐는 듯 쉽게 마음이 바빠지겠지. 그러니 지금 이 생각을 오래 간직하기 위해 더욱 애쓰고 싶다. 개구리 올챙이 시절을 잊지 않도록(언제쯤 개구리가 될 수 있을진 모르겠지만). 적어도 남들이 말하는 기준 앞에서 정말 그게 맞는지 따져 볼 수 있는 내 중심 또한 자라나기를 바란다. 그렇게 내 안에 튼튼히 자리 잡힌 기준이 있다면, 어떤 말에도 쉬이 흔들리지 않고 언제든 담담하게 스타트 홀드 앞에 설 수 있을 것이다. 아직 덜 자란 올챙이지만 앞다리도 나올 날이 멀지 않았다. 일단 그렇게 믿기로 했다.

목표가 없는 게 목표

암장 벽 한편에는 A4 용지 두 장을 합친 것만 한 작은 화이트보드 하나가 걸려 있다. 자연 암벽이나 야외 인공 암벽에 등반을 나가고 싶은 사람이 있으면 원하는 일정과 목적지를 이 보드에 적는다. 다른 회원들은 그 아래에 자기 이름을 남기는 것으로 참여 의사를 밝힌다. 별로 대단할 것 없어 보이는 보드지만 사실 여기에는 특별한 힘이 있다. 보드에 적힌 이름들을 보는 것만으로도 없던 마음을 먹거나 숨어 있던 한 줌의 용기를 끌어내게 되기 때문이다. 잘하는 사람의 이름은 잘하기 때문에 의지가 되고, 못하는 사람의 이름은 그럼에도 불구하고 가겠다는 태도로 감화시킨다. 그

러면 어느새 나도 모르게 그 이름들 밑으로 내 이름을
쓰게 된다.

　간혹 오해와 장난이 섞인 글이 보일 때도 있는데,
참여 의사를 밝히지 않은 사람의 이름을 참여 희망자
명단에 올린다거나, 초등학생이나 할 법한 말장난이
나 별명을 누군가의 이름 옆에 남겨 놓는 식이다. 그
럼 그 밑으로 또 누가 적었는지 모를 댓글이 달리는
모습이 꼭 칠판에 낙서하는 어린애들과 닮았다.

　오랜만에 화이트보드에 새 글이 남겨졌다.

　'경남 스포츠클라이밍협회장배 대회 참여자 모집'

　옆에 있던 영환에게 대회에 대해 물었다. 영환은
조만간 인터넷 카페에 자세한 공지가 올라갈 거라고
하면서도 이내 세세한 내용을 읊어 주었다. 그에 따
르면 이번 대회는 경남 지역의 클라이밍 센터 대표들
이 주축이 되어 개최하는 행사인 모양이다. 그래서인
지 이름은 대회지만 성격은 경쟁보단 친선에 가까운
경기가 될 거라고. 암장마다 여러 명이 출전해 실력을
뽐내고 단합을 자랑하는 자리니 나도 당연히 출전해
야 된다고 했다.

　그러고는 말이 끝나기 무섭게 영환이 내 이름을
화이트보드에 쓰려고 했다. 내가 당황해서 "안 돼!"를 외치자 이번엔 옆에서 지켜보던 고은 언니가 나섰다. 이렇게 부담 없는 대회는 나가는 게 좋다며 보드에 적힌 이름들을 가리켰다. 자세히 보니 고은 언니를 비롯해 꽤 많은 익숙한 이름들이 적혀 있었다. 망설이는 나를 보며 언니는 덧붙였다. 친선 경기라고 해도 어쨌든 대회는 대회니까, 목표를 갖고 준비하다 보면 좀 더 열심히 하게 될 거라고 말이다.

'목표'라는 말을 너무 오랜만에 들은 기분이었다. 영환은 친목 도모에, 고은 언니는 목표에 방점을 찍은 이 대회를 나는 어떻게 받아들여야 할지 몰라 조금 머뭇거렸다. 한동안 쉬었다가 다시 시작한 이후, 열정은 한풀 꺾이고 암장에 나오는 횟수도 눈에 띄게 줄었다. 목표를 세우고 어딘가로 나아가는 건 고사하고 암장에 오는 것 자체가 새로운 도전처럼 느껴지는 하루하루. 친목이든 실력 향상이든 지금의 나에겐 둘 다 먼 얘기처럼 들리기는 마찬가지였다. 끝내 화이트보드에 이름을 쓰진 않았지만 대신 두 사람이 대회에 참여하는 모습을 보러 가겠다고, 목청껏 응원해 주겠다고 말했다.

날씨가 화창한 일요일 오전, 혼자 차를 몰고 대회

가 열리는 김해 시민체육공원으로 향했다. 등산로 초입에 위치한 야외 인공 암벽에 다다르자 멀리서부터 전해지는 함성 소리가 들렸다. 아침 일찍 시작한 대회는 내가 도착했을 때 이미 예선 경기가 거의 끝나 가고 있었다. 우리 암장에서 출전한 선수는 총 일곱 명인데, 그중 네 명이 결승에 진출했다.

예선을 마치자 주최 측에서 준비한 점심 도시락을 나눠 주었다. 우리는 돗자리에 앉아 영환이 가져온 도시락을 받았다. '나는 참가비도 안 냈는데 이걸 먹어도 되나?' 고민하던 그때 내 앞으로 빵 하나가 전달됐다. 영희 언니가 직접 구워 온 빵이었다. 버터 향 가득한 토스트에 바질 페스토가 듬뿍 발려 있었다.

화이트보드 위에서 용기를 주는 이름 가운데 한 사람인 영희 언니는 나와 스무 살 가까이 나이 차이가 난다. 사람들과 함께 등반을 나갈 때마다 바지런히 먹을거리를 싸 오는데, 오늘도 어김없이 손수 만든 음식을 챙겨 왔다. 이번 대회에 일찌감치 신청한 영희 언니는 예선에서 좋은 성적을 거두어 결승에 진출했다. 그러나 지금 이 순간 언니는 경기와는 관계없는 사람처럼 연신 미소를 지으며 사람들에게 빵을 건네고 있었다.

영희 언니 손에 들린 빵을 보며 고은 언니가 내 옆구리를 찔렀다. 다른 사람들이 다 먹기 전에 얼른 받아먹으라고. 영희 언니가 직접 만든 페스토 맛이 기가 막히다며 눈짓을 보냈다. 프랑스 어디에서 구했다는 버터로 구운 식빵은 가장자리까지 맛이 좋았다. 누가 내렸는지 모르지만 어느새 내 앞에 놓여 있는 드립 커피와 함께 먹으니 마치 소풍을 나온 듯한 기분이었다.

하지만 이곳이 경기장임을 잊지 않는 한 사람이 있었으니, 제일 처음 화이트보드에 이름을 적었던 영환이다. 암장 남자들 중 유일하게 결승에 진출한 영환은 입맛이 없다며 먹는 시늉만 했다. 그에 반해 고은 언니와 영희 언니는 다음 경기가 없는 사람처럼 한가롭게 이 순간을 즐기고 있었다. 어째 친목 도모를 하겠다던 영환은 성적에 신경을 쓰는 것 같고, 목표를 외치던 고은 언니는 되레 아무 걱정 없는 사람처럼 보였다.

점심시간이 20분도 채 지나지 않았을 때, 암장별 단체 줄넘기를 한다며 주최 측에서 사람들을 불러 모았다. 코로나 이후 몇 년 만에 열린 행사라 그런지 한풀이를 하듯 자잘한 프로그램이 빼곡하게 준비되어 있었다. 하여간 이 사람들, 클라이밍에도 노는 일에도 한결같이 진심인 거다.

예선과 결선 사이의 막간 친선 경기일 뿐인데도 출전에 앞서 '줄을 어떻게 돌려야 한다' '간격은 어째야 한다' 하며 회의가 길게 이어졌다. 어색함 없이 머리를 맞대고 최적의 우승 시나리오를 찾는 암장 사람들을 보며 체육인들의 행사란 이런 거구나 싶었다.

단체 줄넘기 대회에서 드디어 우리 암장 이름이 호명됐다. 줄을 돌리는 사람도, 넘어야 하는 사람도 묘하게 긴장한 눈치다. 제발 잘했으면! 참가자 명단에 없는 내가 할 수 있는 거라곤 파이팅을 외쳐 주는 것밖에 없었다. 결국 무대는 올라선 사람들의 몫이니까.

내 간절한 기도가 무색하게, 카운트가 두 개를 넘어가자 영희 언니가 돌연 풀썩 주저앉았다. 줄에 걸린 것도, 스텝이 꼬인 것도 아닌데 정말 말 그대로 풀썩하고 바닥에 내려앉은 것이다. 관객들은 두 개에서 세 개로 카운트를 넘기지 못하고 웃기 시작했다. 주변의 반응에도 불구하고 한 개라도 더 해 보려는 영희 언니는 앉아서 엉덩방아를 찧으며 줄을 넘었다. H.O.T.의 〈캔디〉가 절로 떠오르는 댄스 투혼을 뽐냈지만 아쉽게도 줄넘기는 세 개를 넘기지 못했다. 오늘의 스타상,

웃음상 이런 게 있다면 우리 암장이 받을 수 있었을 텐데. 인생에서 유머보다 중요한 게 있습니까? 여기 있는 사람들 다 웃었는데 상품이라도 주십시오, 하고 외치고 싶은 심정이었다.

큰 웃음만 남기고 들어온 암장 식구들을 보며 이 대회의 정체성이 뭔지 아리송할 즈음, 다음 참가팀이 신발까지 벗고 크게 파이팅을 외치며 살벌하게 등장했다. 전부 젊은 남성으로 구성된 이 팀은 등장부터 압도감을 뽐내더니 선수들이 한 몸이 된 것처럼 가뿐하게 줄을 넘었다. 우리 암장과는 다른 의미로, 어떤 지점에 이르자 관객들은 더 이상 숫자를 세지 않았다. 줄넘기 개수가 무려 50을 넘은 그들은 1등을 차지했다.

꼴등은 예상대로 우리 암장이다. 아무렴 어떤가. 열정으로 따지자면 발이 아닌 엉덩이로 줄을 넘은 영희 언니만 한 사람도 없었는 걸.

줄넘기 대회 경품 증정이 끝나자마자 결선 경기가 시작됐다. 우리 암장의 결선 진출자는 초등부 한 명과 성인부 세 명. 성인부에 영희 언니, 고은 언니, 영환이 참가했다. 결선 참가자에겐 5분간 루트 파인딩을 할 시간이 주어진다. 선수 이외 사람들은 경기장 지정 라인 바깥에서 그들을 지켜볼 수 있다.

영환은 홀로 서서 홀드를 바라보았다. 지난 대회 예선에서 탈락했던 영환은 그 사이 성장해 올해는 결선에 이름을 올렸다. 한편 영희 언니와 고은 언니는 여자 결선 문제 앞에 나란히 서서 함께 무브를 고민하고 있었다. 두 사람이 서로 한 쪽 어깨를 기대고 서서 허공에 손짓하며 루트 파인딩을 하는 모습이 흡사 군무를 연상케 했다. 때론 홀로, 때론 같이, 많은 사람이 보는 앞에서 클라이밍을 하는 그들을 보자 묘한 감정이 일었다. 잘해야만 무대에 설 수 있는 건 아닐텐데. 나는 무엇을 망설이고 무엇을 걱정했을까.

화이트보드 위에 이름을 적는다는 건 내겐 일종의 선언과도 같았다. 미지의 세계에 도전하는 사람으로, 그런 도전을 두려워하지 않는 사람으로 나를 정의하겠다는 다짐. 그래서 아무도 신경 쓰지 않는다는 걸 알면서도, 떠밀리듯 이름을 쓰는 것조차 허락하지 않았다. 아직은 준비가 되지 않았다고 생각했으니까.

남이 대신 써 주는 것 말고 스스로의 의지로 참석자 명단에 내 이름을 쓸 수 있을까. 설령 대회에 나가 예선에서 떨어진다 해도 부끄러워하지 않을 용기가 내게 있을까. 무언가를 꼭 해내야 할 것 같은 마음의 짐 따위 하나도 없는 채로 말이다.

힘주지 않고도 도전해 보는 태도. 죽이 되든 밥이 되든 내 손으로 지어서 내가 감당하는 삶. 그런 걸 해 보고 싶었다.

초등부 학생을 포함해 이번 대회에 출전한 우리 암장 사람들 모두 안타깝게도 순위권 안에 들지 못했 다. 그래도 고은 언니와 영희 언니는 자신들의 개인 기록으로는 가장 좋은 성적을 거두었고, 영환은 지난 대회의 예선 탈락 기억을 결선 진출의 기억으로 바꿔 냈다.

친선 경기답게 매 순간 많은 경품이 쏟아졌는데, 자일이나 초크, 기능성 티셔츠 같은 실용적인 선물이 많았다. 골고루 나눠 주어 누구도 아쉬움이 없게 하려 는 주최 측의 배려 같았다.

친선과 목표 그 사이 어디쯤에 놓인 대회의 모습 이 지금 내가 클라이밍을 마주하는 자세와도 닮아 있 는 듯했다. 마냥 진지하기만 한 것은 아닌데 그렇다고 진심이 아닌 것도 아닌, 즐거움과 목표 양쪽을 다 잡 고 싶은 마음. 대회를 마친 후 뒤풀이에 참석하지 않 고 조용히 집으로 돌아오는 길, 지나간 시간들을 떠올

리며 생각했다. 나도 이제 나만의 대답을 찾아야 할
때다.

잘해야만 무대에 설 수 있는 건 아니다. 무대에 서
겠다고 다짐하는 사람은 자신이 오를 무대를 찾는다.
찾다가 안 되면 직접 만들기도 한다. 나의 다음 무대
는 어디일까. 용기가 부족해지면 〈캔디〉 춤을 추듯 줄
을 넘던 영희 언니 얼굴을 떠올려 봐야지. 그러면 어
떤 무대든 오를 용기가 생길 것 같다.

힘주지 않고도 도전해 보는 태도.
죽이 되든 밥이 되든
내 손으로 지어서 내가 감당하는 삶.
그런 걸 해 보고 싶었다.

다정한 조연

중학생 때 한창 인터넷 소설과 팬픽에 빠져 있었다. 독자인 나와 비슷한 나이대의 누군가가 썼을 이야기. 희망 사항이라 쓰고 망상이라 읽어야 할 법한 내용이 담긴 소설을 그때는 왜 그리도 좋아했는지. 비슷비슷한 플롯과 과장된 문장들로 가득한 당시 인터넷 소설들은 지금 생각하면 유치하기 짝이 없지만 그때는 그런 이야기가 재밌었다. 솔직히 말하면 그런 이야기만 좋아했다.

좀 더 다양한 이야기를 먹고 자랐다면 더 빨리 더 건강한 어른이 될 수 있었을까? 한정적인 여성상과 남성상, 틀에 박힌 사랑의 정의 속에서 딱 그만큼만 꿈

꾸고 바라며 성장한 것은 어른이 된 지금에서야 아쉬움으로 남았다. 하지만 우리가 보낸 시절들엔 저마다의 이유가 있고 그런 시절을 건너야만 만나게 되는 다음이 있다.

그 무렵에는 누군가의 보호와 변함없는 사랑 안에서의 내 미래를 꿈꿨다. 현실감 없이 꾸며진 이야기에 자신을 대입하며, 앞으로 만날 인연과 달라질 내 모습에 설레었다. 하지만 온전히 기대로 부풀기만 했던 것은 아니었는데, 마음 한구석엔 늘 어떤 설명하기 힘든 불안이 있었다. 어쩌면 그때부터 팬픽 속 주인공 같은 인생이 나와는 상관없는 이야기라는 걸 이미 직감했는지도 모르겠다.

흔히 자기 인생의 주인공은 자신이라고 한다. 그런 말을 들으면 자기 인생에서조차 주인공이 되지 못하는 것은 단단히 잘못된 일이며, 부족하고 모자란 인생을 사는 거라고 여겼다. 인생이 한 편의 드라마나 영화라면 주인공은 마땅히 자신만의 이야기를, 주체적으로 결정을 내리고 시련과 고난을 극복하는 서사를 써야 한다. 그 과정에서 사랑도 찾고 행복도 발견하는 사람, 그래서 관객과 독자가 좋아할 수밖에 없는 역할이 주인공이니까.

하지만 지금껏 나는 그런 방향으로 산 것 같지 않았다. 오히려 반대 방향이 아니었을까? 내 인생임에도 내 의지나 노력대로 흘러왔다는 생각이 들지 않았다. 이런 내가 팬픽의 주인공은 차치하고서라도, 정말로 내 인생의 주인공이라고 할 수 있나? 만약 그렇다면 나는 내가 맡은 역할을 얼마나 제대로 해내고 있는 걸까.

운동을 마치고 암장 친구들과 편의점에 들렀다. 그날따라 다들 배가 고팠던지 너도나도 주전부리를 사들고서 자연스럽게 가게 앞 벤치에 앉았다. 이런저런 일상적인 대화 끝에 다음 주에는 지금 모인 멤버로 달리기를 해 보자, 아니면 볼링을 치러 가 보자 하는 얘기가 나왔다. 그런데 언급된 어떤 운동 종목에도 내가 주인공 역할을 할 만한 여지는 없어 보였다. 몸을 쓰는 데 타고난 재능도, 노력으로 극복해 나가는 영웅의 서사도 나와는 먼 일처럼 느껴졌다.

"큰일이네. 나는 볼링도 못하고 달리기도 못하는데 어쩌지?"

모든 항목에서 '잘하지 못함'에 체크하는 나를 보고 옆에 앉아 있던 정민 오빠가 웃으며 말했다.

"그러게. 참미는 잘하는 게 하나도 없네."

그러자 친구들이 와르르 웃었다. 열심히 하지만 그 만큼 따라오지 않는 내 실력은 암장에서 종종 농담 소재가 되었다. 예전 같았으면 돌아서서 쓴웃음을 지었으려나. 하지만 그날은 정민 오빠의 말이 기분 나쁘지 않았다. 아니, 오히려 그 말을 듣는 게 좋았다. 우리 모두 그 농담 덕분에 한바탕 크게 웃었으니까.

짧은 대화였지만 그날 내가 지은 웃음은 마음에 오래 남았다. 그건 내가 내 몸에 대한 농담을 그저 농담 자체로 받아들이게 되었다는 것, 더 이상 잘하지 못하는 일로 스스로를 부끄러워하지 않는다는 증거였기 때문이다.

언제부턴가 몸을 다루는 일에 재능이 없다는 사실로 타격감을 느끼지 않게 되었다. 그래서인지 남들에게 멋져 보일 만한 영상을 남기고 싶다든가, 그런 영상을 올려놓고서도 거짓말을 한 것 같은 기분이 든다든가, 그 모든 것들로부터 도망치고 싶다는 마음이 자연스럽게 사라졌다. 오히려 재능도 없는 일을 지속하고 있는 내가 대견했다. 이전엔 경험해 보지 못한 낯선 종류의 감정이라 힘주어 말하진 못했지만, 마음속으로는 엄지를 치켜올리며 내가 나를 격려해 주고 싶었다. '그간 애썼지. 고생 많았어. 하지만 지금 나는 네가 좀 마음에 든다? 그러니 너도 조금은 편안해져도 괜찮아' 하고.

어떤 일을 잘 해내는 것보다 어려운 일이 있다면 바로 지속하는 일이 아닐까. 재능 있는 일조차 꾸준히 하기는 쉽지 않다. 그러니 못하는 일을 계속하겠다고 마음먹기란 곱절로 어려운 일이다.

살다 보면 비교의 늪에 빠지는 순간이 자주 찾아온다. 여전히 주인공이 되지 못하는 내 역량에, 노력해도 고작 이 정도밖에 되지 않는 모습에 어김없이 슬퍼지기도 한다. 쉽게 무력해지는 마음 앞에 설 때면 클라이밍을 하며 배운 한 가지를 중얼거리듯 곱씹는다. 잘하지 못해도 계속하는 마음, 그거야말로 멋진 거라고. 무언가를 바라거나 기대하지 않고 쏟는 열정만큼 소중한 것도 없다고 말이다. 실패할 게 뻔한 일 앞에서 "그래도 하고 싶어"라고 말하는 나를 이제야 비로소 좋아할 수 있게 됐다.

우리는 누구나 주인공이 되길 원한다. 저마다의 고유한 서사를 써 내려 가고, 남들과는 다른 자기만의 특별한 무엇을 발견하고 싶어 한다. 나 역시 그렇다. 하지만 모든 상황과 장면에서 내가 꼭 주인공이어야만 할까. 그게 정말 가능한 일일까. 매번 모두가 주인공일 수는 없다. 어떤 장면에서는 주인공의 빛나는 활약을 지켜보며 다정한 마음으로 박수 쳐 주는 사람의 역할도 필요하다.

이런 말이 누군가에게는 변명처럼 들릴지도 모른다. 더 많이 노력해 보지 않고 적당히 타협한다고 생각할 수도 있다. 암장에서도 '그만큼 노력을 안 했으면서 약한 소리 하지 마라. 안 되는 건 없다. 할 수 있다'라는 말을 구호처럼 외치니까. 그러나 지금 내게 다정한 조연이고자 하는 마음은 단순한 자기 위로나 회피의 방편은 아니다. 예전의 내가 잘하는 것, 주인공이 되는 것만을 정답으로 여겼다면 지금은 그와는 다른 방식의 삶도 있다는 걸, 그 또한 다른 모양의 답이라는 걸 알게 되었을 뿐이다.

주인공이 아니라도 상관없다는 마음은 더 이상 주인공이 되기 위해 특별한 능력, 빛나는 무엇을 가져야만 한다는 압박에 휘둘리고 싶지 않다는 뜻이기도 하다. 주인공이 아니면 좀 어떤가. 잘하지 못함으로 보여줄 수 있는 이야기도 있다. 그것이 나의 역할이라면 기꺼이 나와 당신과 우리의 인생에 다정한 조연이 되고 싶다.

누군가의 성공에 진심으로 나이스를 외쳐 줄 수 있
는 사람, 조금 부족한 나를 누구보다 사랑하는 캐릭터
로 살아가는 내 모습이 나는 마음에 든다. 클라이밍을
하며 받은 셀 수 없는 다정함이 나를 그렇게 만들어 주
었다.

재능 있는 일조차 꾸준히 하기는
쉽지 않다. 그러니 못하는 일을 계속하겠다고
마음먹기란 곱절로 어려운 일이다.

실패할 게 뻔한 일 앞에서
"그래도 하고 싶어"라고 말하는 나를
이제야 비로소 좋아할 수 있게 되었다.

시작은 미약하고
끝은 재미나리라

여름과 휴가는 모두 내가 좋아하는 단어다. 좋아하는 두 단어가 합쳐졌으니 여름 휴가는 내가 사랑할 수밖에 없는 운명을 타고난 말이다. 짧아서 더 강렬하게 느껴지는 한때, 좋은 만큼 커지는 아쉬움 때문인지 단 며칠을 한 시절로 읽어 버리게 되는 그 시간을 어찌 사랑하지 않을 수 있을까.

시작은 거창하지 않았다. 평소와 다름없이 우리는 암장 매트리스 곁에 둘러앉아 각자의 문제를 살피고 있었다. 어쩌다 여름 휴가 이야기가 나왔고, 다들 자연스럽게 각자의 계획을 풀어 놓기 시작했다.

진한은 몰디브에 간다고 했다. 코로나로 인해 미뤄

둔 신혼여행을 다녀오는 모양이다. 영환은 센터장님과 함께 울릉도행 티켓을 예매했다. 울릉도 암벽을 직접 만져 보고 오겠다며 웃는 영환의 표정엔 자못 진지함이 서려 있었다. 시커먼 남정네 둘이서 떠나는 여행이라니. 뙤약볕을 등진 채 암벽 앞에 서 있는 두 사람을 상상하는 것만으로도 이미 여름을 다 보낸 듯한 기분이었다.

한편 나를 비롯해 별다른 계획이 없는 이들도 많았다. 멀지 않은 곳으로 짧은 여행을 간다는 사람, 그마저도 사치라며 집에서 밀린 넷플릭스 시리즈 정주행을 하겠다는 사람, 배달시켜 먹을 음식 목록을 읊는이까지. 그런데 이야기를 할수록 우리의 대답은 미묘하게 계획보단 다짐처럼 들렸다. 쉬는 것마저 또다른종류의 일이 되어 버린 걸까. 그렇게 내심 서로를 부러워하고 안타까워하던 것도 잠시, 휴가를 반납하고일하러 가야 한다는 한 친구의 말에 모두 그만 숙연해지고 말았다.

6년 전 책방을 연 뒤로는 회사에 다닐 때만큼 휴가를 기다리지 않았다. 대체 인력을 구하기 어려운 소규모 자영업자의 여름 휴가는 이전의 휴가와 조금 달랐기 때문이다. 휴가 기간 동안 영업만 안 할 뿐, 매일같이 가게에 나갔다. 손님이 없는 책방에서 자유로이 커피를 마시거나 책을 읽는 기쁨도 있었지만, 커피 머신을 청소하고 반품할 책을 고르는 자잘한 일에서까지 자유로울 순 없었다. 때론 책방 보수 공사나 정리로 휴가 기간을 보내기도 했다.

암장 친구들의 휴가와 내 휴가의 의미는 다소 달랐지만, 휴가 계획을 말하는 그들의 몸짓과 표정을 보는 것이 좋았다. 밀도 높은 즐거움을 기다리는 마음. 그 즐거움이 내 것이기라도 한 듯, 친구들의 상기된 얼굴에 내 마음도 덩달아 설렜다. 직장인들에게 휴가란 한 주를, 한 달을, 때로는 한 해를 버티게 하는 힘이니까.

그간 휴가를 기다리지 않았던 건 스스로에게 온전한 쉼을 허락하지 못해서일지도 모른다. 평소에 이미 충분히 쉬고 있다고 생각하며, 휴가 기간에도 슬며시 일과 쉼의 경계에 서 있곤 했다. 어느 쪽이든 확실히 정하는 게 쉬운 일이 아니라지만, 그렇다고 쉬는 것마저 애매하다니. 이번 여름 휴가엔 친구들처럼 계획이든 다짐이든 뭔가 하나는 해내고 싶었다.

좋은 것은 언제나 약간의 무리를 통해 얻어진다. 모든 일을 관성에 의해서 하고 그 속에서 위안을 찾던 내게 클라이밍이라는 변수가 찾아왔을 때가 그랬다. 풀리지 않는 문제를 풀겠다고 수십 번씩 벽에 매달리던 일, 고소공포증을 무릅쓰고 김해 인공 외벽을 완등한 일, 비 오는 날 무척산에서의 자연 암벽 등반, 그리고 엄마 간병을 마치고 다시 암장으로 돌아온 것까지. 관성에서 벗어나려는 약간의 도전 정신과 무리하는 마음이 있었기에 가능한 일이었다. 그렇게 만난 새로운 세계는 때론 힘들게 느껴지기도 했지만, 시간이 흐를수록 힘든 부분은 쉽게 망각되고 좋은 것만 짙게 남았다.

다만 한 가지 마음에 걸리는 건, 그 좋은 것들이 늘 누군가가 먼저 내민 손을 잡고 만든 것이라는 점이었다. 나는 늘 쭈뼛거리거나 한발 늦게 움직였다. 그러면 앞서 걷는 사람들이 뒤를 살피다가 두리번거리는 나를 찾아내 주었다. 기초 강습이 끝난 후 뭘 해야 할지 몰라 다른 사람들이 운동하는 모습을 구경하던 때가 그랬고, 야외 등반을 나가서도 "참미, 해 봐!"라는 말 없이는 움직이지 않던 때가 그랬다. 평소에도 고은 언니나 인경 같은 친구들이 함께하자고 부추기지 않앗다면 혼자서 대충 몇 번 시도해 보다가 그만뒀을지 모른다. 종종 학교 가기 싫은 아이의 행색으로 벽 앞에 섰다. 누가 보면 억지로 시켜서 하는 사람처럼. 언젠가 등반 전에 팔자 매듭으로 자일을 묶을 때였다. 몇 번을 배웠음에도 끝내 남에게 부탁하는 나를 보고 고은 언니는 "이제 네가 할 때도 되지 않았니?"라며 웃었다.

내가 나에게 필요한 것을 주는 일. 그게 아직도 어려운 걸 보면, 이 세계에 발을 들인 지 3년이 훌쩍 넘었어도 여전히 난 초심자이고 신입생인 것만 같았다. 아마 아직도 스스로를 믿지 못해서일 테지.

"이번 휴가 때 암장 투어 같이 갈 사람?"

또 자잘한 고민들에 빠졌다간 이번 휴가도 아무것도 못하고 그냥 흘려보내게 될 것이 뻔했다. 그러니 일단 던지고 보자는 심정으로 말을 내뱉었다.

"뭐야? 갑자기?"

무슨 뜬금없는 소리를 하냐는 듯한 얼굴로 친구들이 되물었다.

"나 사실 다른 암장에 한번 놀러 가고 싶었어."

거짓말이다. 가고 싶은 게 아니라, 역시나 가 봐야 할 것 같다는 마음으로 한 말이다.

"다들 한번씩은 다른 암장 가 보지 않았어? 나도 이번 여름 휴가엔 새로운 거 하나 도전해 볼래!"

역시 휴가에 대해 말할 땐 모름지기 다짐이든 계획이든 해야 되는 것 아니겠나. 암장 투어가 '도전'이란 말을 써 가며 할 일인가 싶지만 적어도 내 마음은 그랬다.

나를 제외한 친구들 대부분은 다른 지역의 암장에 다녀온 경험이 있다. 가까운 마산이나 진해는 물론, 부산만 가도 큰 규모의 암장이 많으니까. 우리 암장이 문을 닫는 일요일이면 친구들은 삼삼오오 모여 암장 투어를 갔다. 규모가 큰 암장은 벽도 더 높고 홀드도 더 다양해서 색다른 즐거움이 있는 모양이었다. 무엇보다 그 넓이와 높이 덕분에 소위 말하는 인스타용 영상을 찍기에 최적화되어 있다는 게 친구들의 경험담이다.

내 경우 자의 반 타의 반으로 야외 인공 암벽이나 자연 암벽 등반은 해 봤어도 이상하게 다른 암장에 가는 건 망설여졌다. 타이밍이 안 맞았다는 건 핑계에 가깝고, 그보다는 늘 아는 사람들 틈에서만 운동하다가 생전 처음 보는 사람들 앞에서 클라이밍을 한다는 것이 부담으로 다가왔다.

암장 원정대에 신청한 사람은 나를 포함해 여덟

명. 요 몇 달간 클라이밍을 거의 하지 못했던 남동생 커플과 인경까지, 갑자기 모집한 것 치고는 제법 많은 인원이 모였다. 목적지는 마산에 있는 암장으로, 160 평에 달하는 넓이에 평균 5미터가 넘는 벽이 설치되어 있는 곳이었다. 여름 휴가 계획이라고는 했으나 정작 날짜는 멀리 휴가를 떠난 사람들이 돌아오는 시점에 맞추기로 했다. 진한과 영환을 빼고 암장 투어를 했다간 어떤 후폭풍을 맞을지 몰랐다. 물론 그들이 빠지면 재미가 없을 것도 분명했고.

우리 암장이 아닌 다른 곳에 간다고 생각하니 기분 좋은 긴장감이 일었다. 개인 암벽화와 초크, 그리고 올봄에 맞춘 암장 5주년 기념 티셔츠를 준비물로 챙겼다. 티셔츠 앞면엔 암장 이름이, 뒷면엔 동생이 그린 클라이밍 홀드와 장비 그림과 함께 우리 책방 로고가 프린팅 되어 있다. 암장 티셔츠에 갑자기 책방 로고가 웬 말인가 싶지만, 센터장님이 동생(이래 봬도 미술 전공자다)에게 디자인 시안을 맡길 때 강력하게 부탁하셨다고 한다. 누가 보면 우리가 후원이라도 거하게 한 줄 알겠지만 그런 것도 아니다. 난 그저 라지 사이즈 한 장과 미디움 사이즈 한 장을 주문했을 뿐이다.

유니폼은 스포츠 경기에서 선수들을 하나로 묶어 주는 상징적 역할을 한다. 아무 운동복이나 입어도 되지만 오늘 같은 날 유난스럽게 암장 유니폼을 챙기게 되는 건, 옷 한 벌이 주는 그 확실한 소속감이 필요해서겠지.

건물 입구로 들어서 프런트 너머로 고개를 빼꼼 내밀자 우리 암장 티셔츠를 입은 사람들이 보였다. 반가움과 함께 가슴이 두근거리기 시작했다. 얼른 탈의실로 달려가서 입고 온 옷을 벗어던지고 암장 티셔츠로 갈아입었다. 그리고 생각했다. 오늘 여기서 잘해 봐야지. 아주 오랜만에 느끼는, 잘해 보고 싶다는 마음이었다.

마산의 암장은 듣던 대로 규모가 엄청났다. 단독 건물에 층고가 높고, 긴 벽 위로 볼륨감 있는 홀드들이 세팅되어 있어서 시원한 무브가 가능해 보였다. 넓은 매트와 곳곳에 설치된 셀카봉 등 애써 찾지 않아도 우리 암장과 다른 점들이 쉽게 눈에 들어왔다. 문제의 난이도도 초급, 중급, 고급의 3단계가 아니라, 일곱 가지 무지개 색깔에 흰색과 검은색까지 더해 총 9단계로 세분화되어 있었다.

먼저 도착한 친구들과 함께 각자의 난이도에 맞춰

문제를 풀어 나갔다. 이곳에서 매겨 놓은 기준으로 나는 어느 등급에 속하게 될까. 새로운 기준점을 마주하는 것이 반은 두렵고 반은 설렘으로 다가왔다. 입고 있는 티셔츠가 부끄럽지 않게 잘해 내고 싶었다. 이미 사람들은 못 보던 티셔츠를 입은 무리를 조금씩 의식하는 듯 보였고, 우리 역시 짐짓 태연한 척했지만 실은 분위기를 살피며 신경을 쓰고 있었다.

한참 문제를 풀고 있는데 남동생이 슬그머니 다가와 말했다. "아, 진한이 형 빨리 왔으면 좋겠다."

나는 그 말의 의미를 단박에 이해했다. 왜냐면 나도 누구보다 진한이가 보고 싶었으니까. 유치하기 짝이 없지만 어쩌랴. 이럴 땐 미우나 고우나 진한이밖에 없다. 남의 암장에 와서 기세를 뽐내고는 싶은데 실력은 따라 주질 않으니 대장을 기다릴 수밖에. 서른 살이 넘은 한 무리는 유치원생들마냥 대장 진한이가 도착하기만을 오매불망 기다리고 있었다.

그때 저 멀리서 크게 인사하는 목소리가 들렸다. 진한이다!

진한은 프런트에서 이곳 센터장님과 인사를 하고 안부를 나눴다. 어슬렁거리면서 들어오는 그의 모습은 몇 년간 내가 본 것 중 가장 멋있었다. 평소엔 별로라고 생각했던 뚱한 표정도 오늘따라 시크한 것이 위엄 있어 보이기까지 했다. 잠시 후 진한은 우리 암장 기념 티셔츠를 입고 위풍당당하게 등장했다. 그 순간 진한과 내가 한 팀이라는 사실이 어찌나 기쁘던지. 진한은 이내 망설임도 없이 홀드 앞으로 가더니 중간 단계 볼더링 문제를 몸풀기 하듯 풀기 시작했다.

장내에는 최신 가요가 흘러나오고 있었다. 우리 암장이었다면 이무진의 〈신호등〉이 나올 타이밍이었으려나. '여기는 음악마저도 세련됐네'라고 생각하다가, 문득 왜 이렇게 음악이 잘 들리는 건지 의아했다. 그랬다. 진한이 움직이자 좀 전까지 시끌시끌하던 사람들이 처음엔 흘끗, 얼마 지나지 않아서 거의 관람자 모드로 그가 문제 푸는 모습을 바라보고 있는 것이 아닌가.

조용하고 우아한 몸짓으로 암장을 장악하는 진한을 보며, 나는 장외에 앉아 무조건 이기는 경기를 보는 사람처럼 여유롭게 그 시간을 만끽했다. 내가 잘하지 않아도 행복할 수 있구나. 진한의 등 뒤에 새겨진 우리 책방 로고가 왠지 더욱 또렷하게 다가오는 듯했다. 나는 역시나 조금 유치하다고 생각하면서도 티셔츠의 로고와 그림이 잘 보이도록 구부정하던 자세를 고쳐 앉았다.

마지막의 마지막까지 문제를 풀고 나서 우리는 근
처 닭갈비 집으로 향했다. 테이블 두 개를 붙여 놓고
꽃피운 대화는 주식 이야기에서 진한의 몰디브 여행
으로, 울릉도에서 센터장님 피부가 얼마나 탔느냐로
흘러갔다. 의식의 흐름에 따라 이리저리 방향을 바꾸
던 대화 주제는 진한이 덕분에 내게로 향했다.

"그래도 갑자기 모았는데 다들 나왔네. 대단하다,
참미. 앞으로 니가 자주 모아 봐라."

아 그랬지. 이 모임 주최자가 나였지. 그제서야 내가
오늘 하루를 나 자신에게, 그리고 친구들에게 선물했
음을 깨달았다. 새로운 도전과 온전한 쉼을 그 누구도
아닌 내 손으로 얻었구나 생각하니 조금 벅차는 마음
마저 일었다.

한여름 밤 익어 가는 닭갈비 위로 우리의 대화가
흩어지는 순간, 내일이면 추억이 될 이 순간의 무게를
실감했다. 어떤 시간은 살아 내는 순간부터 그리워지
기도 한다. 직감적으로 이것이 평생 갈 추억임을 안다.
몇 번을 말해도 매번 다 새롭게 즐거울 이야기.

클라이밍을 하며 때론 친구들과 함께, 때론 내 힘

으로 넓혀 낸 삶의 새로운 영역을 마주할 때면, 하마터면 내가 모르고 지나쳤을 세상의 한 뼘에 대해 생각한다. 오늘의 한 뼘 속엔 낯선 암장에서 바라본 진한의 등이 있고, 처음 만난 이들과 나눈 환호와 응원이 있다. 기꺼이 나의 모험을 지지해 준 친구들의 얼굴을 떠올리며 '재미'라는 말을 다시금 품어 본다. 도전도 숙제처럼 하는 내게 클라이밍이 던져 준 이 단어가 이상하리만치 새로워서 자꾸만 만져 보게 된다. 그리고 동의한다. 인생은 재미난 것이다.

잘 먹고 잘 살고 잘하기

초등학교 3학년 때 동네 보습 학원에 다니게 됐다. 초등 저학년에서 고학년으로 넘어가는 문턱이었던 그 무렵, 학교 수학 수업이 전과 달리 자주 어렵게 느껴졌다. 다들 고개를 끄덕이며 다음으로 넘어갈 때에도 나는 여전히 문제 앞에 홀로 남겨져 있었다. 눈치 보며 버티는 순간들이 잦아지자 처음엔 짜증이 났다가 이내 덜컥 겁이 나기도 했다. 정말 나만 이 문제를 모르는 건가 싶어서. 더하기 빼기만 겨우 하다가 갑자기 사칙연산에 들어서니 기본적인 공부량이 달라지는 것이 당연했다. 흔한 학습지도 안 풀고 방과 후 수업조차 받지 않았던 나는 조금씩 밀리고 밀려 결국 '이래

선 안 되겠다'고 직감하는 단계까지 갔다.

'알아서 잘 하겠지'라는 교육관을 가진 엄마에게 학원에 보내 달라고 하는 건 엄마의 기대가 실패했다고 말하는 것 같아 차마 입이 떨어지지 않았다. 한참을 망설이다 말을 꺼냈는데, 그 와중에도 자존심은 챙기겠다고 '수업을 따라가지 못하는 것 같다'는 정확한 상황은 얘기하지 않았다. 빙빙 돌려 말하는 나를 엄마는 학교 근처 보습 학원의 수학 단과반에 등록시켰다. 평소 엄마답지 않게 빠르고 망설임 없는 결정이었다.

그렇게 처음 학원에 가는 날, 더 이상 수학 시간을 힘들어하지 않아도 된다는 것도 좋았지만, 덤으로 학교 바깥에서 친구들을 만날 수 있다는 사실에 마냥 들떴던 기억이 난다. 나는 빨간색 네모난 손가방에 유성 매직으로 이름을 쓰며 등원 시간을 기다렸다. 그러나 설렘은 아주 잠시였을 뿐, 안타깝게도 나는 수업이 시작되기도 전에 학원을 그만두고 말았다. 아마도 학원 개원 이래 가장 빨리 그만둔 학생이 아니었을까.

그날의 사건은 열 살 때 기억 중 가장 선명하게 남아 있다. 수업 시작 전, 학원 교실에 도착해 주위를 둘러보며 분위기를 살피던 나는 일찍 자리에 앉아 무언가에 열중하는 친구들을 보게 됐다. 그 친구들 앞에

놓인 책 속에는 처음 보는 기호와 뒤섞인 숫자들이 나
열되어 있었다. 그게 나눗셈이란 건 두어 달이 지나
학교 수학 시간에 알게 됐다. 진지한 얼굴로 문제를
풀던 한 아이에게 "이건 뭐야?" 하고 물으며 나눗셈
기호를 가리켰다. 그러자 "넌 이것도 모르냐? 바보 아
냐?"라는 퉁명스러운 대답이 돌아왔다. 지금의 나라
면 '거참, 쓸데없이 불친절한 놈이네' 하고 흘려넘겼을
텐데. 그때는 '바보'라는 말에도 세상이 무너지는 기분
을 느낄 수 있는 나이였다. 처음으로 나를 '바보'라고
불렀던 아이는 잘 살고 있을까.

나는 그 아이의 말이 끝나자마자 가방을 챙겨 들
고 곧장 집으로 향했다. 내게 던져진 질문을 가장한
평가가 진실일까 봐, 학원 수업이 시작되면 다 들통날
까 봐 냅다 도망친 거다. 어쩌면 내가 정말로 바보일
지도 모른다는 강한 의심을 품고서.

집으로 돌아오는 길에 언젠가 그 아이에게 복수해
주겠다고 다짐하면서 삐져나오는 눈물을 참았다. 학
원을 그만두겠다고 하자 엄마는 회비를 이미 납부했
는데 무슨 소리냐며 노발대발했지만, 나는 이불을 머
리끝까지 끌어 올리고선 아무 대꾸도 하지 않은 채 그
밤을 보냈다.

유년의 기억 가운데에는 조금 유치하긴 해도 귀엽게 웃어 넘길 수 있는 일들이 많다. 하지만 이 기억만큼은 떠올릴 때마다 이상하게 기분이 상했다. 무시당했다는 불쾌함보다는, 예나 지금이나 내가 도망치는 사람이라는 사실을 상기시킨다는 점에서 나를 자주 불편하게 만들었다.

클라이밍을 하며 배운 것들을 조금 일찍 알았다면 어땠을까. 적어도 그 아이 말처럼 영영 수학 바보로 살진 않았을 텐데. 스스로 조금은 더 견디는 사람, 쉽게 도망치지 않는 사람이 되었다고 생각하면서도 여전히 얼마간은 암장에 가는 것이 두렵다. 풀어야 할 문제를 모르는 사람으로, 도망치고 싶은 마음을 숨긴 채로 암장 문을 열 때면 열 살의 그날로 돌아간다.

암장에 가기 전, 샐러드를 우물거리며 인스타그램을 열었다. 언제나 그렇듯 주변을 둘러보면 나만 빼고 너무나 잘 살고 있다. 자세히 들여다보면 저마다 어려움이 있겠지만, 겉으로 보기엔 다들 각자의 짐을 가뿐하게 들고 유유히 걷는 것 같다. 그 모습을 보면 어린 시절의 나처럼 주눅이 든다. 나 역시 열심히 살지 않는 건 아니라는 걸 알면서도.

어쩌면 우리는 '잘 사는 것'이 뭔지도 제대로 모르면서, 단지 사는 것에 '잘'이란 한 글자를 보태기 위해 자신에게 소중한 무언가를 갈아 넣고 있는 것은 아닐까. 나는 어렸을 때부터 '잘 살고 싶다'는 말을 자주 가슴에 품고 지냈다. 때론 '잘 살고 싶다'를 '잘하고 싶다' '잘해야 한다'로 변주하기도 하면서.

어느 날 클라이밍을 마치고 집에 가는 길에 휴대폰 메모장을 열어 이런 글을 쓴 적이 있다. "더 이상 슬픈 글은 쓰고 싶지 않다. 그런 글을 쓰지 않고도 잘 살 수 있게 되었기 때문이다." 그리고 마지막엔 이렇게 덧붙였다. "감히 잘 살고 있다고 말해도 되는지 모르겠지만, 적어도 오늘만큼은 그래도 될 것 같다."

어떤 사실은 시간 속에 고여 있다가 떠오르기도 하고, 어느 날 갑자기 밝혀지기도 한다. 그날은 모처럼 암장에 익숙한 얼굴들이 많이 모인 날이었고, 누군가의 결혼 소식을 듣고서 다가올 미래를 축복했으며, 기분 좋을 만큼 볼더링 문제를 풀었다. 암장을 나와서도 귓가에 '나이스'라는 응원이 맴도는 것만 같았던 밤. 슬픈 일에도 지지 않을 수 있을 것 같은 밤이었다.

언젠가 진한이 내게 왜 그렇게 모든 걸 어렵게 생각하느냐고, "그냥 하면 되지"라고 한 적이 있다. 나더러 지나치게 생각이 많은 사람이라며. 좋아서, 재밌어서 클라이밍 하는 거 아니냐고 묻는 진한에게 "넌 잘하니까 그렇게 말할 수 있는 거지"라고 되받아쳤다. 평소처럼 서로 놀리고 웃다 대화는 끝났지만, 한편으로는 기분이 찜찜했다. 진한의 질문에 정확한 대답을 하지 못했다는 걸 알았기 때문이다. 아니, 대답의 방향이 완전히 틀렸다는 사실에 그 질문을 놓지 못했다. 맞는 말을 하는 진한에게 왜 그런 식으로 엉뚱한 대꾸를 했던 걸까. 열 살의 내가 상대는 별생각 없이 던졌을지 모를 '바보'라는 말에 '넌 잘하니까 나 무시하는 거지'라는 의미를 보태서 해석했던 것과 같은 맥락은 아니었을까.

진한이 묻지 않아도 나 스스로 왜 클라이밍을 하는지 물을 때가 많았다. 잘하지도 못하는 일을, 여전히 발 자리 바보이면서, 무엇을 원하고 기대해서 계속하느냐고.

그런데 요즘은 '그 답을 꼭 알아야 해?'라는 쪽으로 질문이 바뀌었다. 잘해야만, 의미가 있어야만 어떤 일을 계속할 수 있는 건 아니다. 어쩌면 명쾌한 정답 같은 건 시작부터 없었을지도. 애초에 엄청나게 잘하거나 거창한 목표를 이루려고 시작한 것도 아니었다. 별로 대단하지도 대수롭지도 않은 우연과 선택에 이끌려 도착한 이곳이 그저 좋아서 남아 있는 것뿐. 그러니 앞으로도 그냥 일단 한번 계속해 보는 마음이면 충분하지 않을까.

암장에서 재미 삼아 '영어 쓰지 말고 응원하기'를 한 적 있다. 누구라도 먼저 영어를 쓰는 사람이 음료수를 사기로 하고 내기를 시작하자, 일순간 암장에는 적막이 감돌았다. 클라이밍을 할 때 응원과 격려를 담아 주로 건네는 한마디가 '나이스'이기 때문이다. '잘한다'는 어쩐지 평가 같고, '힘내라'는 부담으로 느껴질 것 같다. '나이스'에 담긴 여러 의미 중 우리가 플레이어에게 가장 전하고 싶은 건 '당신이 지금 벽에 붙어 있는 모습 그 자체만으로도 좋다'라는 것 아닐까.

그냥 하는 마음. 그게 제일 어렵고 제일 위대하다. 그러니 나는 위대해지기 위해 그냥 암장에 가고, 그냥 벽에 매달리고, 그냥 문제를 푼다. 3년째 초급 문제를 풀고 있지만 주눅 들지 않는다. 잘하고 못하는 것이 더 이상 스스로를 평가하는 기준으로 작용하지 않기 때문이다. 성장은 반드시 '더 잘함'으로 올라서야만 쓸 수 있는 말은 아닐지도 모른다. 때론 제자리를 지키고

유지하는 것이 성장의 다른 모양이 되기도 한다.

도망칠 것인지 계속 남을 것인지의 선택 앞에서 나는 더 이상 망설이지 않는다. 이건 클라이밍이 아니었다면 결코 만나지 못했을지도 모를 내 모습이다. 그러니 앞으로도 '잘하는' 사람이 아니라 그냥 '하는' 사람으로, '계속하는' 사람으로 홀드와 오래오래 나란히 함께이고 싶다.

헤어지지 않을 결심

〈헤어질 결심〉의 첫 장면을 보는 순간, 이 영화를 좋아하게 될 것을 알았다. 스포일러가 될 테니 세세하게 이야기할 수는 없지만, 매끄러운 암벽 위에 늘어진 자일을 비추는 것으로 시작하는 영화는 암벽 등반을 하다 사망한 한 남성의 사인을 좇으며 전개된다.

좋아하는 대상에 과하게 몰입하는 내 성향은 이 영화를 대하는 태도에도 고스란히 드러났다. 내향인답지 않게 영화 리뷰 모임을 꾸리는 생소한 열정까지 발휘했다. 그런데 정작 암장 친구들은 아무도 이 영화를 보지 않아서 그 어떤 공감대도 형성하지 못했다. 클라이밍이 중심인 영화는 아니지만 주요 장면에서

암벽 등반이 의미 있게 다루어진다는 내 설득에도 그
들은 놀랍도록 시큰둥했다.

비록 암장 친구들은 무감했지만 주변 지인 중에는
함께 과몰입해 주는 다정한 이들이 있었다. 영화가 개
봉한 지 꽤 시간이 흘렀을 무렵, 독서 모임의 한 멤버
로부터 메시지를 받았다. "인터뷰 읽는데 언니 생각이
났어요"라고 시작하는 메시지 아래에는 〈헤어질 결
심〉 각본에 참여했던 정서경 작가의 인터뷰 기사 링
크가 남겨져 있었다.

인터뷰에서 특히 눈길을 사로잡았던 건 인터뷰어
가 던진 한 질문에 대한 정서경 작가의 대답이었다.
'하루 목표량을 정해 놓고 글을 쓰느냐'고 묻자 그는
이렇게 답했다.

"글쓰기는 암벽 등반과 비슷하다. 오늘은 여기까
지 가야지 하고 오전에 목표를 정해 두고 다양한 루트
를 점검한다. 오늘은 이만큼을 이렇게, 안 되면 내일은
이만큼을 저렇게."♦

글쓰기를 목표를 향해 자신만의 루트를 탐색하는
등반 과정에 빗댄 작가의 대답이 신선하면서도 탁월

♦ 〈'헤결' 정서경 작가, "'작은 아씨들'에 굵으면서도 섬세한 이야길
담고 싶다"〉, 《시사IN》, 2022. 9. 15.

해서 정말 그렇구나 하고 무릎을 쳤다. 메시지를 보내 준 지인에게 이렇게 멋진 인터뷰를 읽고 나를 떠올려 주어서 고맙다고 전했다. 그러자 "언니는 글쓰기도 하고 클라이밍도 하니까 더 공감할 것 같아서요"라는 답이 왔다. 글쓰기와 클라이밍. 언뜻 연관성이 없어 보이는 두 단어지만 찬찬히 뜯어 보니 정말이지 비슷한 구석이 많았다. 멀리 갈 것 없이, 내가 이 둘을 좋아하는 이유만 봐도 그 공통점을 쉽게 발견할 수 있다.

글쓰기와 클라이밍은 고통을 수반한다. 세상 어느 누가 고통을 자의로 겪을까 싶겠지만, 우리는 종종 고통을 '사서' 겪는다. 마라톤 풀코스에 나가기 위해 몇 달 혹은 몇 년간 밤낮없이 달리기 연습을 하고, 즐겨 듣는 곡을 직접 연주해 보고 싶어서 뒤늦게 피아노를 배우며, 쏟아지는 별을 보겠다고 몽골 초원으로 향한다. 이런 '사서 고생'은 안 한다고 큰일 나지 않는다. 당장 그만두어도 사는 데 아무 문제가 없다. 그럼에도 수고와 희생이 따르는 이런 일을 지속하는 이유에 '좋아하니까'라는 한마디면 충분한 사람들에게 나는 항상 마음이 간다. 그들이 좋아하는 일을 말할 때의 눈빛에 이끌린다.

글쓰기가 유독 어렵게 느껴지는 날엔 '안 하면 그

만'이란 선택지를 만지작거리게 된다. 언제라도 자리를 박차고 나가서 영영 안 쓰기로 하면 그만일 테지만, 글쓰기는 매번 다시 나를 책상 앞으로 불러온다. 점점 허리가 아프고 자세는 구부정해지고, 고르고 고른 말을 쓰고도 오해받기를 각오해야 하지만, 그럼에도 쓰는 일을 멈출 수 없다. 결국에 쓰는 만큼 내가 나아진다는 것을 알기 때문이다.

클라이밍 역시 다르지 않다. 스타트 홀드에서 피니쉬 홀드까지 가는 과정에서 나에게 맞는 무브를 탐색하고, 가장 좋은 발 자리를 찾기 위해 비슷한 동작을 수도 없이 반복한다. 크고 작은 부상이 따를 수 있다는 걸 알면서도, 조금 더 과감해지기를 바라며 '한 번 더'를 외치는 마음. 그렇게 노력해서 어떤 지점에 도달한다고 해도, 세상에는 더 높은 난이도의 문제와 등반 코스가 무수히 남아 있을 것이다. 영영 도달하지 못할 결승점을 앞에 두고도 한 발 더 나아가겠다고 같은 움직임을 반복하는 일은 어찌 보면 무의미 그 자체다.

세계적인 클라이밍 선수들의 등반을 보면 이런 생각은 더 강해진다. 거대한 자연 속에서 인간이 온몸으로 해낼 수 있는 일이란 얼마나 작고 초라한지. 클라이밍은 그것을 확인하는 과정에 불과하다는 생각이

들 때면, 구태여 고통을 감내하는 그 모든 행위가 너무나 보잘 것 없게 느껴지기도 한다. 하지만 내가 아는 위대한 클라이머들은 마치 그 사실을 모르는 사람처럼 매번 스타트 홀드를 잡는다.

글을 쓰고 클라이밍을 하며, 나는 가끔 이게 다 무슨 의미일까 헤아려 보게 된다. 현실적으로 당장 어떤 이익도 없어 보이는 일에 시간과 노력을 들이는 이유에 대해. 인간 본성에 반하고 중력에 역행하는 움직임을 계속하는 마음에 대해. 글쓰기와 클라이밍은 쓸모를 생각하지 않을수록 아름다워진다는 점에서, 그리고 자신의 한계를 알면서도 나아가기를 멈추지 않는다는 점에서 언제나 나를 감동시킨다. 어쩌면 그래서 내가 이 두 가지를 계속하고 싶은 건지도. 어떤 것을 거스르는 동시에 집요하게 파고든다는 점에서 두 종목은 다른 듯 닮아 있다.

또한 몸을 단련하는 일이든, 활자로 기록을 남기는 일이든 본질적으로 나다움에 대해 고민하게 만든다. 몸을 쓸 때만큼이나 글을 쓸 때도 자신을 꾸미거나 숨기는 것이 허용되지 않는다. 적어도 내 경우는 그랬다. 나의 못남을 속이거나 그것으로부터 도망칠 수 없었다. 풀어헤쳐진 내 모습을 정면으로 마주하는 일은 즐겁지만은 않았다. 그러나 그런 순간들을 외면하지 않은 건 무엇보다 나 자신을 좋아하고 싶었기 때문이다. 부족한 자신을 인정하고 기다려 준 시간만큼 나는 나다운 방향으로 더 단단해지고 있었다.

언젠가 글도 클라이밍도 애쓰지 않고 담담하게 즐기며 해낼 수 있는 영역에 속하면 좋겠다. 현재로 봐선 거의 불가능한 일이겠지만, 가능한 것만 꿈꿀 수 있는 건 아니니까. 내가 하는 일의 결과만이 아니라 과정도 소중히 여길 수 있기를. 어떤 날은 한 문장도 쓸 수 없거나 스타트 홀드조차 잡기 힘들다 해도, 쉽게 포기하거나 실패라고 선언해 버리지 않는 사람이고 싶다. 그런 마음으로 글쓰기와 클라이밍에겐 '헤어질 결심'은 하지 않겠다고 '결심'해 본다.